NEVE NEGRA

SANTIAGO NAZARIAN

Neve Negra

Companhia Das Letras

Copyright © 2017 by Santiago Nazarian
Copyright das ilustrações © 2017 by Laurent Cardon

*Grafia atualizada segundo o Acordo Ortográfico da Língua Portuguesa de 1990,
que entrou em vigor no Brasil em 2009.*

Capa
Guilherme Xavier

Foto de capa
© Daniel Clifford/ Getty Images

Preparação
Beatriz Antunes

Revisão
Carmen T. S. Costa
Clara Diament

*Os personagens e as situações desta obra são reais apenas no universo da ficção;
não se referem a pessoas e fatos concretos, e não emitem opinião sobre eles*

Dados Internacionais de Catalogação na Publicação (CIP)
(Câmara Brasileira do Livro, SP, Brasil)

Nazarian, Santiago
    Neve Negra / Santiago Nazarian. — 1ª ed. — São Paulo : Companhia das Letras, 2017.

    ISBN 978-85-359-2946-1

    1. Ficção brasileira 2. Ficção de suspense I. Título.

17-05167   CDD-869.3

Índice para catálogo sistemático:
1. Ficção de suspense : Literatura brasileira   869.3

[2017]
Todos os direitos desta edição reservados à
EDITORA SCHWARCZ S.A.
Rua Bandeira Paulista, 702, cj. 32
04532-002 — São Paulo — SP
Telefone: (11) 3707-3500
www.companhiadasletras.com.br
www.blogdacompanhia.com.br
facebook.com/companhiadasletras
instagram.com/companhiadasletras
twitter.com/cialetras

The cats nestle close to their kittens now.
The lambs have laid down with the sheep.
You're cozy and warm in your bed, my dear.
Please go the fuck to sleep.

Adam Mansbach
(na voz de Samuel L. Jackson)

Ela podia ser minha filha, mas não é.

Acordo e a vejo aqui, confirmando o perfume que faz parte dos meus sonhos. É doce, mas suave. Fresco e ancestral. Inspiração. A cada movimento involuntário ela está dentro de mim. Um suspiro maior e me obrigo a certificar-me em soslaio. Acordar ao lado de uma bela mulher é a melhor maneira de confirmar que estamos vivos.

Quando vê que abro os olhos, ela fecha os seus, fingindo dormir ao meu lado. Durma, que faz tudo planar mais gostoso. Sinto o gosto em minha boca. A química no meu sangue. Puxo o cobertor sobre o colo me perguntando se ela reparou em minha ereção, se não deveria reparar; lateja armada sob minha calça de linho.

Não é por causa dela, não, na minha idade as respostas não são tão objetivas. É essa mistura de bourbon, dramin, melatonina. Meu corpo já está farto e tem reações aleatórias quando deveria apenas se entregar ao sono. Tento nocauteá-lo com os aditivos. Acordo com o membro rígido, a mente fritando, mesmo que os circuitos lá atrás estejam prestes a se apagar novamente, colocar-me em modo avião. Não é uma sensação ruim, longe disso. Tem algo de lisérgico. Talvez a combinação desperte químicas arquivadas décadas atrás, liberte memórias reprimidas, chicoteie o adolescente morto em mim. De repente, se eu apenas retirar o dramin, talvez eu consiga um resultado mais suave. Embora eu não deva rejeitar uma ereção dessas na minha idade, é um desperdício; não há nada que eu possa fazer aqui, agora.

Ela poderia ser minha filha, tem idade para isso, não é, e dorme ao meu lado. Fomos encaixados nessa intimidade incidental. Acidente dos mais bem-vindos. Já viajei o suficiente para saber que uma jovem atraente na poltrona logo ao lado é das coisas mais raras na classe business premium.

O ronco ao redor já é mais costumeiro. Confirma que, das outras poltronas, a vista não é tão agradável. Executivos de meia-idade, terceira idade, acima do peso. Senhoras com a sobrancelha borrada, cílios descolando dos olhos. Gente com dinheiro para gastar em graus a mais de inclinação na poltrona e com o corpo já comprometido por uma vida de satisfações. Excessos. Ronco, pigarro, muco, espirros. As turbinas, o ruído do avião em si é prazeroso para mim, forma uma trilha para aquelas noites que eu gostaria que se estendessem indefinidamente...

É bom voltar para casa, porém mais a volta em si do que a chegada. É melhor pensar no lar quando ainda se está longe. Saber que se está no caminho certo. Que o voo segue seu curso. Que por bons blocos de horas não há nada o que se possa fazer, apenas se perder, apagar, acender, deixar que a mente vague livremente enquanto profissionais ao redor assumem toda a responsabilidade.

A etapa internacional dos voos é a mais confortável, a classe premium, os ruídos silentes da madrugada, poder se deixar levar por fluxos de inconsciência, sendo servido quando quero um uísque, uma água, *blocksbusters* da temporada e um ou outro filme de arte, ao estalar de dedos. Assim que o avião pousa — de volta à realidade — tem a espera pelas malas, a longa espera pela escala, então o desconfortável voo doméstico para a Ilha de Santa Catarina, Florianópolis. Desço numa ilha para voltar ao continente. Mais de três horas de estrada, num *transfer*, já não podendo me entregar ao sono nem me deixar levar; preciso dar atenção a quem me leva. Com sorte, o motorista não vai puxar conversa. Eu costumava recorrer a um chofer de confiança, para não depender da sorte. Mas a manutenção dessa confiança sempre envolveu muito papo sobre o tempo, a família. Prefiro voltar ao acaso de uma relação impessoal.

A menina ao meu lado se remexe e pigarreia. *Estou aqui, volte sua mente a mim*, parece me dizer. Eu a observo: cabelos castanho-claros lisos, sobrancelha quase invisível, o nariz arrebitado de uma genética irrepreensível, o resto do corpo todo envolto em mantas, cobertores, casacos, tecidos, texturas — e sei que não há nada fora do lugar. É muito jovem para ser uma profissional bem-sucedida. Casual demais para uma prostituta de luxo, ou artista. Deve ser filha de alguém, herdeira. O pai pagando caro para que ela aceite visitá-lo. A mãe pagando para que ela venha voando ao velório do pai... Não, muito despreocupada para alguém de luto. Muito blasée para que seja um upgrade estar na premium. Essa menina tem berço. Nota-se na pele e na forma como leva isso tudo tão naturalmente... como eu.

Eu levaria, se ela não estivesse ao meu lado; ela é incomum para mim e eu não devo ser para ela. Não deve ser incomum para ela sentar-se ao lado de um homem de meia-idade que se questiona quem é ela e como ela terá chegado ali, para onde estará indo. Ela não deve se questionar sobre mim. Até poderia saber, mas não sabe quem sou. Não se interessa. Tenho bom senso o suficiente para não puxar assunto — isso seria ainda mais previsível. O prazer, afinal, está nas conjecturas sobre a companhia, o mistério e a graça que isso traz. Personagem explicado, perfil esclarecido não teria tanta graça. Melhor fechar os olhos com ela ao meu lado. E sonhar...

"E olha aqui, Rubinho, boa notícia para ti e os turistas de passagem pela região: a meteorologia informa que há grande chance de nevar ainda esta madrugada aqui em Trevo do Sul, São Joaquim e arredores, confirmando a vocação da região como destino de inverno no país. Segundo o Ciram, Centro de Informações de Recursos Ambientais e de Hidrometeorologia, órgão responsável pela previsão do tempo no estado, as chances de nevar são de setenta por cento. As temperaturas na casa do zero grau e a presença de umidade são condições ideais para que ocorra o fenômeno, que pode ser até bastante substancioso. As condições de neve permanecem durante os próximos dois dias, mudando apenas no sábado, quando o tempo começa a esquentar um pouco. As temperaturas mínimas — olha só isso — devem ficar próximas de médias históricas, na casa dos sete graus NEGATIVOS! É pra gelar bunda de pinguim. E aí, tu tá feliz? Tu que gosta de frio?"

"Olha, Manga, já gostei mais. Quando era guri, solteiro, cheio de saúde, naquela época gostava de frio, de neve, ia quase todo ano para Portillo esquiar, também tinha uns trinta quilos a menos..."

"O cara é um playboy mesmo. Ia todo ano esquiar..."

"Portillo, bagual, aqui do lado... Tu consegue voo por quinhentos reais, sei lá, dá até para ir guiando se tu for parando..."

"Tá certo, tá certo."

"Mas hoje em dia não tenho mais pique pra isso. E neve é gostoso assim, nas montanhas, na Europa..."

"Ah, fresco. 'Neve na Europa é mais gostoso. No Brasil não tem graça.'"

"Não, não é que não tem graça..."

"Sabe como chama isso? Complexo de vira-lata. Tu é um colonizado."

"Bah, nada a ver, Manga. É que lá fora tem estrutura pro frio, pra neve. Eles sabem lidar, tem todo o esquema para limpar as ruas, as casas são aquecidas..."

"Isso é. Sabe que meu sogro é alemão e ele fala que nunca sentiu tanto frio na Europa quanto sente no Brasil. Porque lá eles têm estrutura, aquecimento. Aqui, se faz dez graus na rua, faz dez graus dentro da tua casa."

"Exatamente. Imagina então fazendo menos sete. O povo precisa de muito agasalho, cobertor, mate..."

"Um uisquinho. Um uisquinho é bom nesse frio."

"Pra ti uisquinho é bom em qualquer tempo, diz aí? Se tá calor um uisquinho com gelo..."

"Nah. Não, daí é bom uma caipirinha."

"Que seja, uma caipirinha."

"Mas é bom aproveitar para lembrar o pessoal de participar da Campanha do Agasalho. Para quem ainda não doou, tem muita gente que não tá preparada para esse frio todo e precisa daquele teu casaco velho, aquela malha que não serve mais. Tu, Rubinho, agora que tá gordo, que não vai mais esquiar na Europa, pode doar tuas jaquetas de grife que não servem mais."

"Com certeza, Manga. Já doei e tu ouvinte também pode

doar. O frio ainda deve durar umas semanas e o que tu doa hoje pode servir por muitos invernos para quem tá precisando."

"É isso aí. Agora vamos de música?"

"Bora."

"Desencavei uma velharia aqui. Biofobia, lembra? Aquela banda de rock paulista dos anos noventa?"

"Nossa, essa tu desenterrou do túmulo."

"Vamos com o maior sucesso deles para esquentar essa noite fria. Biofobia com 'Fé no Inferno'."

Passo o portão, e o passo já parece errado para mim. Testo os pés nas lajotas. Está realmente frio e há algo como uma fina camada de gelo no piso. Olho para a esquerda e vejo a cachorra me observando encolhida dentro de sua casinha.

"Preta. Ei, Pretinha... papai chegou!"

Falo num sussurro alto, me agachando levemente e batendo palmas. A pastora-belga apenas pisca encolhendo as orelhas, não sai do lugar. Esboça essa mínima reação por ser cachorra e não poder evitar, para um gato o desprezo seria instintivo. Largo as malas, dou um passo à esquerda ensaiando ir até ela, mas sinto os passos incertos pelo gelo e pelo cansaço. Está frio demais, ela não está acostumada com isso; melhor deixá-la tranquila. Seria uma cena típica ela receber o pai de família com pulos e ganidos, mas isso já aconteceu o suficiente para eu saber que na prática não é tão agradável, na prática não é tão prático. Preta pularia em mim para sujar minhas roupas, derrubar-me no chão ou acordar a casa toda. Então a chegada tranquila e silenciosa seria tomada como um evento, e eu teria de cumprir a função esperada de mim.

Não poderia deixar a noite simplesmente se alongar e se diluir de vez e, quem sabe, acordar no dia seguinte mais disposto a cumprir meu papel. Mais fácil cumprir seu papel quando você já desperta nele, nesse cenário, nessa identidade.

Quando viro a chave na porta, respiro aliviado, já sei que os dois estão deitados. A casa parece muda. A casa parece mudada e não sei precisar o que há de diferente nela, na sala. O ar, respira-se mais rarefeito, e me pergunto se também é por causa do frio. É um país que não está acostumado a temperaturas negativas, afinal. Eu estou, mas não neste país, não nesta casa. A casa não está acostumada e não está preparada. O inverno tem de ser anunciado como verdadeiro pelo rádio. O inverno é um fato turístico e eu tento apenas seguir com minha vida. Tento simular algo que se pareça com uma rotina, embora eu não venha tendo muita rotina nesta casa. Ficarei boas semanas agora, de todo modo. Poderei desfazer as malas, colocar blazers no cabide, camisas e cuecas na máquina, tempo para lavar e tempo para secar — isso é raridade. Deixo as malas na entrada da sala ao lado da porta. Não é hora de arrastar rodinhas, abrir armários, acordar família, haverá tempo. Carrego apenas as sacolas do free shop.

Estou a doze quilômetros do centro de Trevo do Sul, na Serra Catarinense, onde devo me sentir em casa. A cidade não tem nada de especial, mas por acaso é onde nasci, aonde foi inevitável voltar. Um homem precisa manter raízes. Um artista precisa saber de onde colher. Ainda que eu tenha um escritório em São Paulo, ainda que viaje pelo mundo, ainda que minha agente me represente mais do que minha família, é aqui que eu teria de chamar de lar; aqui estão mulher e filho; aqui é onde eu deveria estar.

Há doze anos nesta casa com Bianca, há sete com nosso filho, desde que ele nasceu. Bem, talvez já sejam oito... as crianças fazem aniversário todos os anos. Era a casa do meu avô quando eu morava com meus pais na cidade, depois se tornou a casa do meu pai quando eu já morava com minha mulher em São Paulo. Por herança, tornou-se minha; por um surto bucólico resolvemos nos mudar para cá. E agora ela parece um pouco mais isolada, talvez porque a cidade tenha se retraído. Agora ela parece um pouco mais isolada, talvez porque a cidade esteja mais conectada com o resto do mundo. Provavelmente parece mais isolada porque passo tanto tempo em capitais cosmopolitas, e posso voltar para cá com uma perspectiva bucólica. Eu gosto. Minha mulher gosta. Meu filho... acho que gosta. Embora eu me lembre vagamente de alguma mensagem da Bianca dizendo que ele havia começado a se queixar. Ou eu imaginava que em breve ele começaria. Que a escolinha básica não dava mais conta de um ensino razoável. A aposentadoria dos pais não pode coincidir com os sonhos de uma criança, ainda que por alguns anos coincidam. É só que agora, na prática, eu não estou aposentado. Quando decidi levar uma vida mais calma e dedicar mais tempo à arte é que o trabalho começou de fato e tive de deixar a tranquilidade para trás. A casa para trás. Ter me mudado para cá foi o que possibilitou que eu viajasse tanto, acho... Meu filho não tem nada com isso.

Quero tirar os sapatos, descansar os pés, mas a casa está fria demais para ficar descalço ou mesmo de meias. Deposito as sacolas com bebidas na bancada da cozinha. Detesto o desespero dos freeshops, mas não há muito o que eu possa fazer. Não há muito o que fazer nas horas de espera entre escalas, e, por mais que o mundo hoje esteja virtualmente integrado, ainda não há grande coisa em Trevo do Sul em matéria de supermercados, empórios, importadoras. Costumava aproveitar freeshops inclusive para adoçar os reencontros com minha esposa. O prazer da indulgência aos poucos se revelando um ataque ao equilíbrio. "Meu Deus, já tivemos tantos chocolates na Páscoa...", amargurava-se ela sem nenhum traço de sabor; a mesma resposta racional que me levou a parar com as drogas. Cheguei a encontrar Valrhona no lixo; me perguntei se havia algo de muito errado com minha esposa, comigo, com nosso casamento. Experimentei trazer saudáveis maçãs verdes de uma feira em Frankfurt; foram barradas pelas autoridades alfandegárias. Supostamente o problema é com as sementes: sementes estrangeiras são proibidas de atravessar fronteiras. Uma cusparada inconsequente olhando para o jardim, e elas podem se tornar uma praga proliferando-se fora do controle e infestando o país. Um país infestado de macieiras verdes.

Escuto pequenos gemidos no andar de cima. Bom, o menino ainda respira. No segundo seguinte penso se seria minha mulher trepando com outro homem. Seria previsível... razoável... verossímil... nenhum termo me parece adequado e sei que é pouco provável, apesar de tudo. Não é esse tipo de relacionamento que temos. Não é esse tipo de relacionamento que não temos. Que homem viria até esta casa isolada, numa madrugada como esta? (Eu.) Que homem viria bem na noite em que avisei que voltaria? Por que avisei que voltaria? Para minha mulher preparar a casa para minha chegada, para ela mesma se preparar para minha permanência. Os gemidos cessam como para afastar conjeturas. E se os gemidos continuassem, continuariam a ser do meu filho.

O relógio do micro-ondas comunica que é quase meia-noite — e num relógio de micro-ondas nunca se pode confiar. Nesse horário, minha esposa normalmente está acordada — ainda que "normalmente" não seja mais um advérbio cabível aqui. Pode estar na cama com um livro, um chá, um filme em volume baixo. Ela aproveita a madrugada para suas leituras, sua escrita, talvez por isso esteja sempre cansada. Talvez eu tenha me acostumado a dormir mais. Quem sabe tenho dormido menos. Meu corpo está várias madrugadas atrás, minha cabeça continua no impulso de se manter acordada, na inércia de quebrar a barreira do som. Vou precisar de mais ajuda química para acertar os ponteiros, atualizar o fuso e vencer o jet lag. Abro um armário da cozinha e busco uma garrafa de cachaça esquecida-lembrada. Nada. Certeza. Cada vez mais certo de que deixei uma, duas, algumas garrafas de cachaça ali. E quando volto para casa elas continuam a não existir. Talvez minha mulher tenha um problema. Talvez tenha encontrado a solução. O álcool substituindo a mim. O álcool em vez do amante. Lembro-me do conto folclórico português, da mulher que nunca comia na frente do marido e vivia gordinha. Comia escondido por vergonha da gula. Minha mulher não bebe na minha frente e vive tranquila sem mim. Volto-me para as sacolas de free shop e para o Jack Daniels Single Barrel, em que eu sempre posso confiar.

Duas pedras de gelo. Desprendo da bandeja torcendo como se quebrasse a espinha de um coelho. Junto ao estalo, penso ouvir outro gemido do meu filho. "O Gemido do Vinho" — soa curioso enquanto sirvo o bourbon. O nome dele é Álvaro, como meu avô, o dono original desta casa, mas desde cedo não soou correto para uma criança. Teríamos de esperar até que crescesse e coubesse no traje deixado pelo bisa. Assim virou Alvinho, e disso naturalmente para "Vinho", apelido que tentamos usar apenas em casa para não acharem que o menino tem pais alcoólatras... ou enólogos. Prefiro mesmo o bourbon. Não é preciso nem deixar respirar. Uma-duas-três doses e já estarei dormindo. Foi uma longa viagem, um longo dia, escalas, estrada; posso ter perdido o controle em algum ponto. O piloto pode ter perdido o controle por mim, o motorista. Despencamos serra abaixo, o avião explodiu, fui mandado para uma casa vazia, numa madrugada eterna.

Boto o celular para ressuscitar no carregador. Abro a geladeira e dou com um enorme bolo de cobertura branca com mais da metade restando. Passo o dedo e lambo. Um chantili ordinário: confeitaria local. Reflito sobre qual comemoração perdi. Aniversário de Bianca, aniversário de Alvinho... Ela comemoraria aniversário de casamento ou o meu sem mim? Preciso de carne. Encontro uma bandeja de algo vermelho e cheiro. Tem um leve aroma ruim, não tão ruim, provavelmente o cheiro normal de carne crua. O cheiro que carne crua tem depois de um longo dia não dormido, uma madrugada virada. Pesco uma frigideira. Procuro cebolas, alho, eu costumava ser bom nisso. Quando minha mulher se oferecia para preparar, a carne passava do ponto. Eu costumava preparar para nós dois. Costumava reconhecer o cheiro da carne. Levo ao fogão para fritar. Agora tenho dificuldade em encontrar temperos, pimenta. A ausência de pimenta deixa claro que falta vida nesta casa.

O celular desperta com mensagens de texto na tela. Confirmações de algo que já foi combinado, contatos para eu salvar, minha mulher perguntando que horas chegarei. Não termino de ler. Já estamos entrando na madrugada, podemos deixar tudo para amanhã. Posso me dar ao luxo de permanecer em cruzeiro, ainda que sem serviço de bordo. Posso servir meu próprio Jack Daniels.

Fritando a carne, o cheiro é cada vez mais forte. O chiado, cada vez mais alto. Temo que se espalhe pela casa e suba ao segundo andar, entre no quarto e desperte Bianca como num antigo desenho animado, não envolvendo o rosto e hipnotizando o olfato, mas cutucando sua orelha e estapeando seu rosto. Minha mulher descerá bocejando, esfregando os olhos, parará na porta da cozinha. "O que tu tá fazendo, Bruno?" Eu oferecerei a carne a ela, e ela... "Deus me livre comer uma coisa dessas a essa hora. Tu tá empestando a casa toda, não pode chegar e apenas dormir?" Não sei se consigo visualizar essa cena porque ela já aconteceu. Tenho certeza de que, em algum ponto, ela desceu do quarto devidamente hipnotizada pelo cheiro, só de calcinha e camiseta, e se sentou na cozinha para comer comigo. Provavelmente porque naquela época ainda transávamos com certo vigor e eu acordava no meio da noite precisando de carne. Porque naquela época transávamos, e ela se permitia comer algo assim ao ser tirada da cama. De repente naquela época a carne cheirava melhor, o gado era mais livre, menos químico, e ela não conseguia resistir; de repente naquela época o olfato dela não era tão bom. Naquela época ela se sentiria confortável em descer só de camiseta e calcinha e eu ficaria feliz em vê-la. Agora, neste exato instante, ela se revira na cama, largando um livro ou tentando dormir, gritando internamente: *Meu Deus, não consigo ter paz com ele aqui!* Espero que ela não desça. A carne não cheira nada bem mesmo e jogo um *splash* de Jack Daniels para flambar. As chamas surgem com preguiça de se alongarem num frio desses, retraem-se logo ao caldo. Cheira a carne podre flambada, e desisto de provar. Abandono a frigideira sobre a boca desligada do fogão e reabasteço meu copo de JD.

Na sala, me aproximo da lareira. Sempre achei um pouco pretensioso ter lareira num país como o Brasil, sempre me pareceu *ornamental*. Não, sempre não. Confesso que, quando criança, tudo o que eu mais queria era acender essa lareira. Chegava à casa dos meus avós e qualquer brisa mais fresca era desculpa para pedir que a lareira fosse acesa. Nunca foi. E na idade adulta descobri que o frio que fazia uma lareira ser necessária era outro. Que o calor que proporcionava raramente justificava toda a sujeira que gerava. Por isso a lareira foi sempre tão decorativa, mesmo na Serra Catarinense. A lenha arrumada de forma estética, coroada com um arranjo de pinhas, lembranças de Natais passados, Natais futuros, um Natal que nós, crianças brasileiras, nunca teríamos. Já adulto, vivendo nesta casa, acendemos vez ou outra, claro, mais como mise-en-scène do que necessidade. E agora que considero de fato acendê-la para esquentar o ambiente, vejo que ela guarda cinzas frescas, uma história recente.

Chego perto, pego o ancinho e reviro os restos sentindo o cheiro invernal, levemente acre, que se desprende. Entre as cinzas vejo folhas de papel queimado — "GRANT" é o que consigo ler — a capa de alguma revista pretensiosa em cores vivas já mortas, queimada provavelmente ainda ontem. Em cima da lareira, na cornija, a fotografia da família feliz que representamos. Enganamos bem. Não, enganamos não, *representamos* bem, porque é isso o que somos. Ao menos, é isso o que se pode considerar uma família feliz, bonita, *tradicional*... Veja só. De repente se passaram mais de cinquenta anos e estou em frente à minha lareira, a lareira dos meus avós, tomando minha bebida, contemplando minha linda família tradicional. Previsível, e ainda assim tão difícil de se conseguir. Tão cheio de percalços. Para essa família margarina-previsível-tradicional ter sido formada, e mantida, foi preciso uma vida inteira de esforço, privações, contenções, exageros.

Nunca pertenci de fato ao time dos *solteiros*; antes de ter idade suficiente para estar comprometido a sério, já estava. Porém demorou demais para que eu me tornasse pai. Há menos de uma década eu ainda estava lá, no time dos inférteis, ou ao menos *irresponsáveis*, ainda não responsável por ninguém além de mim, ainda filho, sem ter dado o passo à frente na fila para ocupar o lugar dos meus pais. Colegas me cumprimentavam apresentando suas mulheres com barrigas enormes, atestados de maturidade, promessas de felicidade, prestes a explodir. Não fique tão confiante; tudo ainda pode dar errado.

Não era necessário para eles analisar minhas felicitações melancólicas: nossa biografia manchada deixava claro. E mulheres grávidas se afastavam de mim como de uma maldição contagiosa, contágio amaldiçoado.

Cheguei a verificar atentamente os resultados alheios. Estavam lá meses depois, no colo da mãe, nos braços da babá, numa entrevista de meu colega Modesto Cândido: "a chegada de minha filha mudou toda a minha perspectiva, me fez uma pessoa melhor" ou "não é possível ser um ser completo e compreender a vida sem ter filhos", diminuíam-me. Cheguei a procurar anomalias, uma nova perspectiva gerada por uma criança deficiente. "A síndrome de Down me ensinou o que é o amor incondicional", diria um colega em sua entrevista. Nós compreenderíamos que não era bem assim, nós nos sentiríamos melhor sem esse fardo. Mas, ao que parecia, não era o caso, aquela filha havia nascido perfeita.

Bem, nem tanto. Anos depois me apresentavam uma menina feia num almoço beneficente. Uma "criança vulgar de traços grosseiros", triste; mesmo o esteta mais empenhado não tem controle do que pode gerar, nesse caso. Chamavam-na de "princesa", não deixava de ser irônico. Sei que a beleza física não é um traço inerente à realeza, mas não havia motivo algum para coroar aquela criança. Ela não é uma princesa, Cândido, nunca será. Ela sempre terá de se contentar com qualidades que, para uma mulher, vêm em segundo lugar.

Agora, como pai orgulhoso, ou colega competitivo, posso tirar o celular e mostrar uma das fotos mais recentes de Alvinho. "Olha como está bonito o meu moleque", sinto-me confortável em dizer. Para começar, é um *moleque*, guri, menino, masculino, destinado a seguir meus passos. Meu piá que crescerá para pertencer ao time dos belos, integrados e privilegiados — é um garoto bonito com um pai rico, afinal —, enquanto a sua filha...

bem, ela poderá ser respeitada por outros atributos, num outro grupo de amizades...

Oh, ter um filho não me salvou de ser cínico. Ter um filho não me fez uma pessoa melhor. Ter um filho não muda nada; as pessoas não mudam tanto assim.

"Bonito, seu moleque; por que não trouxe?", perguntam casualmente como se a beleza de meu moleque não sublinhasse a feiura de suas filhas. Eu olho para as outras crianças correndo, brincando na areia, escorrendo remelas. Pais levianos, ou mais fácil para eles? Deslocar Alvinho comigo é sempre tão complicado. Ele sofre com o deslocamento, não se integra com facilidade. Bianca não fica confortável, e nunca quisemos recorrer aos serviços de uma babá.

"Estou aqui a trabalho; prefiro deixar Alvinho em casa."

"Claro..." E o sorriso amarelo que recebo prova que tomam minha resposta como reprimenda. Não se traz os filhos a um evento de trabalho. Eles me admiram por isso. Eles se perguntam como consigo. E eu me pergunto se não deveria de fato trazer minha mulher e meu filho.

Provavelmente eu não deveria mais viajar tanto. Agora posso me dar ao luxo de ser mais seletivo. Seria esperto. Um artista recluso, é uma grife. Um artista recluso hoje berra sua ausência. E esta casa está aqui para isso, para eu berrar ao longe. Preciso aproveitar a boa desculpa. Preciso verificar se minha família ainda está aqui.

Não ouço gemidos de meu filho; não ouço reclamações de minha mulher. Ninguém vem correndo com saudades e se joga nos meus braços, nem mesmo a cachorra. É tarde demais, e eu quis que fosse assim. Madrugada. Só preciso me certificar de que tudo está bem.

Subo ao segundo andar, esforçando-me para silenciar o gelo que tilinta dentro do copo. Paro em frente ao meu quarto, nosso quarto, quarto dela, a porta fechada. Minha mulher não costuma fazer isso, pelo menos não quando se deita sozinha. Mantém a porta apenas encostada para poder ouvir os gemidos do filho, os pedidos de socorro, pesadelos infantis. Fechávamos a porta só quando não queríamos ser surpreendidos. Meu filho nem chegava a alcançar a maçaneta, mas acho que isso já faz tempo. Chego e evito girá-la, minha mulher acorda com qualquer estalo. Olho a fechadura, embaixo da porta, não há luz, minha mulher não pode estar lendo. Encosto o ouvido na madeira e escuto as contorções do frio, bocejos dos cupins, nada do outro lado. Sigo pelo corredor até o quarto do Vinho. A porta está apenas encostada; empurro e nada range; meu filho dorme no escuro. Outra mudança: ele costumava dormir com uma luzinha de tomada em formato de coelho; um farol para não naufragar quando a névoa dos sonhos se soltasse de suas pestanas; a luzinha da tomada o guiava de volta à realidade. Agora é escuridão total, ele já se permite mergulhar na inconsciência da noite. Posso apenas vislumbrar sua forma na penumbra; meu filho ainda respira. Vinho se mexe levemente, sonhos perturbados. Recuo, dou um gole no JD e lamento o tilintar do gelo. Afasto-me e desço para a sala.

Muito bem, tudo em seu lugar. Tudo onde deveria estar. Mais de cinquenta anos de idade e nada mais a conquistar. Família, filho, uma carreira consolidada. Dinheiro, respeito... bem, talvez não tanto respeito assim, mas nunca busquei unanimidade. Cheguei lá. Agora, de volta à casa, é só esperar os anos passarem. Meu filho crescer, eu morrer, o tempo dizer o que ficou do que eu tinha a oferecer... Tudo imóvel e tudo em seu lugar. Fim da história.

Vou ao lavabo, onde posso dar descarga com menos chances de acordá-los; sou um invasor dos sonhos da minha própria família. Enquanto me alivio, noto imediatamente o pequeno desenho que foi colocado numa moldura à vista. Não é um dos meus. E, como não acredito que minha mulher compraria uma arte tão primitiva, creio que seja de meu filho.

Alvinho ficou fascinado por coelhos desde que avistou alguns no mato em frente de casa. Pediu um de estimação — não achamos boa ideia, tendo uma pastora-belga no quintal. Ele insistiu, disse que o manteria dentro de casa, em seu quarto, queria um animal para dormir com ele na cama. Achamos a ideia pior ainda. Tentando compensar, protelar, eu trouxe de uma das minhas viagens um coelho de pelúcia assinado por uma designer finlandesa. Ele achou horrível e nem quis pegar o presente; acreditei que ele estava fazendo birra por não ter ganhado um coelho de verdade. Minha mulher concordou com ele, aquilo era *toy art*, um coelho estilizado; criança gosta de representações realistas. Questionei se as representações da Disney eram consideradas realistas, mas prometi trazer um coelho mais *fofo* da próxima vez. O coelho-arte ficou em nossa cabeceira, como para me lembrar da promessa. Nesse meio-tempo minha mulher fez uma rápida pesquisa e descobriu que era possível criar um coelho solto até num apartamento pequeno. Acabou cedendo e comprou um coelho para o Vinho em alguma feira da região — seria crueldade pegar um coelho da natureza. Esse era provavelmente destinado ao consumo, mas ela o salvou da panela. Acho que só vi o bicho por uma semana, tempo suficiente para que minha mulher ficasse neurótica com o animal roendo móveis, livros, fios de aparelhos. Havia cocozinhos por toda a sala e xixi no sofá. Bianca tentava convencer a si mesma de que era possível ensiná-lo a usar a bandeja, como um gato, era só questão de tempo e paciência. Não foi preciso tanto. Na volta de outra viagem fiquei sabendo que tinham encontrado o animal morto no quintal, pescoço quebrado — pego num descuido pela Preta. Imagino-a flagrada cabisbaixa dentro de sua casinha, desviando o olhar como se lamentasse seu crime. Isso fez com que meu filho se distanciasse ainda mais da cachorra. Meu filho nunca se afeiçoou realmente a ela, nem o contrário. Ainda que eu tenha sempre estado longe de casa, Preta criou uma ligação especial comigo, talvez justamente por minha ausência. Talvez goste de sentir saudade. Sofrer por amor é um sentimento canino.

O coelho na moldura do lavabo não tem nada de realista, e se meu filho mirou em Walt Disney, acertou em Donnie Darko. É um rabisco feio de dar dó — minha mulher deve achar que "ajuda no processo de luto". Só não precisava ter usado o que parece ser... giz de cera, carvão e terra sobre um dos meus Fabrianos, na minha época as crianças usavam papel de pão. Pergunto-me onde ela colocou minha tela *Clara*, que antes estava pendurada aqui. Pergunto-me se ela sabe do título, e que me ajuda no meu próprio processo...

Com tudo isso, me lembro da pelúcia "realista" que trouxe na mala, ao lado da porta. Revendo os acontecimentos, começo a ficar em dúvida se é um presente de bom gosto. Não entendo essa fascinação do meu filho por coelhos, nem sei se deveria incentivar. Eu passei pelo quê, dinossauros? Teve a fase dos dinossauros, a fase dos tubarões; colecionava fascículos sobre a vida de animais selvagens, comprados semanalmente na banca da praça. Por animais selvagens entenda-se *predadores* — é disso que um menino gosta. Isso porque eu era uma criança bitolada, geralmente a grande paixão é o futebol. Não entendo um menino que gosta de coelhos. De repente foi só uma fase. Coisa de criança pequena, e agora ele já tenha crescido. A luz de coelho já se foi, afinal. Meu filho agora dorme no escuro.

Dou descarga e espero as águas se aquietarem dentro do vaso, pelo encanamento. Com o silêncio, entendo que minha família nada ouviu, e abro a porta.

Saindo do lavabo, noto pegadas de sangue no chão da sala.

Esta casa tem uma carga. Meu avô morreu aqui, meu pai morreu aqui, e isso só começa a parecer sinistro agora, quando posso ser o próximo. Sempre me pareceu natural. A casa adquirida por meu avô já na meia-idade, passada ao meu pai na terceira. Tornou-se da família na troca por uma casa na cidade. A velha proprietária querendo estar mais próxima da "civilização" (ou do cemitério), meu avô querendo um refúgio para pintar. Depois meu pai usando-a como oficina, eu resgatando seus propósitos mais artísticos... e familiares. Quando resolvemos nos mudar, nunca nos incomodou o fato de a casa já ter duas, talvez mais mortes no histórico. Provavelmente isso foi o que a tornou tão aconchegante, convidativa, um bom lugar para terminar a vida. Os planos eram esses, não eram? Terminar aqui? Desistir da vida na cidade, uma vez que já havíamos desistido de ter filhos. Desistir. Encontrar esse refúgio para esperar a morte. O plano inicial nunca havia sido *começar* uma nova vida aqui. O plano nunca havia sido começar uma família.

Eu gelo com o copo vazio em mãos. O silêncio da casa e o frio da noite perdem instantaneamente o caráter tranquilo com o qual eu esperava me reaclimatar à minha família, ganham conotações mais sombrias. Avalio as marcas das longas pegadas vermelhas no chão da sala: masculinas. Um homem sangra, pisa sobre o sangue, um homem faz sangrar. Um homem a mais nesta casa — perigoso ou em perigo, dá no mesmo, uma vez que ele não deveria estar aqui. Não deveria haver outro homem sangrando sobre meu piso. Então o choque reativo à cor se esvai e eu procuro fazer sentido. O homem que sangra pode ser eu mesmo. As pegadas vêm da porta de entrada, seguem pela sala em direção à cozinha. Olho para meus próprios pés e não posso precisar, meus Salvatore Ferragamo têm solas escuras.

Sigo os passos até a cozinha e vejo as pegadas cada vez mais apagadas, cada vez mais vivas. A luz fria da cozinha faz as pegadas apagadas parecerem mais vivas e eu me pergunto por que mantemos essa luz fria — faço uma nota mental a mim mesmo para finalmente aproveitar o tempo que terei aqui para colocar a casa em ordem, aproveitar o tempo que terei nela para torná-la realmente minha. Quais são os rituais que um homem deve cumprir para isso? Plantar uma árvore, fazer um churrasco, falar com a língua enrolada pelo álcool. Acho que escapei de todos, ao menos nesse cenário. Quem sabe por ser um cenário que não tornei meu lar... ou provavelmente por já ter idade avançada ao me mudar para cá. Idade avançada para beber demais. Ou falar com a língua enrolada. Saber parar antes. Ficar quieto. Eu deveria ter plantado a árvore... Acho que plantei a árvore, sim. Acho que cumpri esse ritual, doze anos atrás. Ajudei na (re)construção do jardim. Provavelmente alguma imbuia eu que plantei. Quanto ao churrasco... É que não temos família tão perto, e nunca fomos uma família que gostou de receber visitas. Não havia para quê, para quem fazer um churrasco no jardim. Nunca fomos tão sociáveis. Podemos creditar à ascendência europeia ou ao mero fato de sermos catarinenses.

Entro na área de serviço como numa área totalmente nova para mim, inexplorada. Não creio que nem mesmo minha mulher circule muito por aqui. Esse acaba sendo mais o território dos empregados do que dos donos da casa. A área de serviço sempre foi de onde emerge e para onde desaparece Dona Violeta, como um túnel que a conecta à minha casa, minha vida. Deparo-me com os produtos químicos, produtos de limpeza, procuro um pano de chão e um rodo para limpar o sangue. Pego o desinfetante. Sigo as pegadas em sentido inverso, apagando rastros, jogando o desinfetante na frente como quem joga gasolina para incendiar a cena de um crime. Já no meio do caminho me arrependo de estar fazendo isso. "Se as pegadas não eram suas, por que se deu ao trabalho de apagá-las?", perguntará o oficial de polícia. Se as pegadas estão apagadas, como a polícia saberá que estiveram aqui? "Se não tem culpa na morte de sua esposa, por que se deu ao trabalho de apagar as marcas?" Sigo com os devaneios sentindo um arrepio. Não, minha esposa não está morta, ela despertará, e não quero que veja a casa assim.

Apagando as pegadas, chego até a porta de entrada, saio para o quintal da frente. Vejo uma poça de sangue coagulado-congelado — provavelmente o que tornou meus passos tão incertos ao chegar. Manchas seguem até a casinha da Preta, que ainda me observa cabisbaixa.

"Preta... Ei, Pretinha...", sigo até ela preocupado. Dentro da casinha também há manchas de sangue, parecem vir da parte traseira da pastora. "O que aconteceu contigo, guria?" Eu me abaixo para afagá-la. Preta rosna. Nunca foi de rosnar para mim. Recuo um pouco e a observo, ela me fita com atenção, rosnando baixo. Deve estar com dor, torço para que não seja grave. Pode ser uma mordida de animal, um sangramento interno, olhando-a assim, aninhada dentro da casinha, não consigo precisar. Agora é tarde demais para procurar um veterinário; vamos ter de esperar até amanhã. "Tu consegue aguentar até amanhã?" A cachorra não pode me dar essa certeza, só precisa compreender que me importo. Preciso perguntar à Bianca se não notou nada de errado com a Preta.

Então escuto um grito.

Levanto o olhar para o segundo andar, a janela do quarto do meu filho. A luz ainda está apagada, assim como a do meu próprio quarto. Olho de novo para a pastora e ela continua me encarando, prestes a mostrar os dentes. Viro-me e volto para a porta num passo lento, mas decidido. Ao tocar na maçaneta... porra! Um choque. Eletricidade estática.

A casa permanece em silêncio, e cruzo a sala, descalçando os sapatos ensanguentados. Subo as escadas em passos agora invisíveis; passo pelo meu quarto, que permanece com a porta fechada. Estranho minha mulher não ter escutado Alvinho. Penso se pode ter sido o grito de um animal, o berro de um vizinho, uma tevê transmitindo o grito de um animal na casa do vizinho, fazendo-o berrar. A próxima casa fica a poucos metros, mas não creio que eu poderia ouvir. Minha mulher dorme logo ao lado, e não acredito que não tenha ouvido. Entro no quarto de Vinho, acendo a luz e ele vira a cabeça sobressaltado. Está sentado na cama. Tem os olhos molhados. Olha-me como se não me reconhecesse, despertando de um sonho. "Filho... o que foi?!"

"Tu vai ser pai", me disse uma menina. "Tu vai ser pai", disse minha mulher. Se a menina com quem eu dividia apartamento, contas, planejava o futuro não tinha uma relação estabelecida, agora tinha. Era minha mulher. Grávida. De mim. Anunciou numa noite de terça, quando cheguei em casa. Bem, se era terça de fato não sei. Lembro bem do ano, a época, a situação, cruzeiros, cruzados, cruzados novos, dinheiro confiscado... não era a melhor hora, e não havíamos planejado. Mas estava longe de ser algo que consideraríamos *indesejado*. Ela deixava de ser minha menina e se tornava minha mulher. Eu deixava de ser menino para me tornar homem, ainda que já na casa dos trinta; a gente só dá o passo à frente quando dá o passo à frente. Dei um passo à frente, rindo tanto de nervosismo quanto de emoção, e nos abraçamos.

É, a primeira gravidez não foi diferente de nenhuma outra. Agora... vejo esse menino. Uma criança num quarto infantil. Por um instante, me pergunto o que estou fazendo aqui. Por um segundo considero-me impróprio. Pergunto-me quem é esse ser e o que tenho a ver com isso. Esse menino não sou eu, não é meu, não o conheço. Cheguei tão tarde. Ele chegou tão tarde na história, na minha história. Parte minha que chega quando eu achava que já havia oferecido tudo de melhor... Não, entendo que não é parte de mim, não é uma oferta, é uma pessoa com sua própria personalidade e seu próprio destino. Ainda assim, meu filho. Como uma caricatura de mau gosto feita por um artista de rua que tenho de aceitar e pagar o preço, porque a encomendei. Não é exatamente o que eu queria. Não era assim que eu me via... Sim, sim, é assim que eu sou. Não, não, é um menino lindo, é muito melhor do que eu próprio poderia ter feito. O que há de errado comigo, estranhando meu próprio filho? Um menino tão bonito...

Vinho não diz nada, apenas aponta para a janela. Cortinas abertas, vidro fechado, vou até lá e espio. Começou a nevar, os flocos finos que sobrevivem neste país. Deveríamos todos nos sentir aconchegados dentro desta casa colonial. *Tem muita gente que não tá preparada para esse frio todo e precisa daquele teu casaco velho, aquela malha que não serve mais*, disseram os radialistas. Viro-me outra vez para meu filho: "Tu se assustou com a neve?". Ele continua me olhando perdido, não responde. Volto o olhar para a janela e pergunto a mim mesmo se alguém pode ter medo de neve, se algum morcego bateu contra o vidro, se o pesadelo de meu filho aponta lá para fora. Os sonhos infantis colocando os perigos no mundo externo, além do quarto, na neve negra, o frio desconhecido. Vejo a paisagem, o bosque de araucárias; tenho a impressão de que uma sombra, algum animal, outro coelho corre de volta para dentro da mata. Olho logo abaixo e vejo o quintal de entrada, a neve cobrindo pouco a pouco o sangue no piso, a casinha de cachorro. Será que eu deveria colocar a cachorra para dentro? Pelo menos levar mais uns cobertores. Fecho as cortinas e volto-me para meu filho:

"Teve um pesadelo?"

Alvinho faz que sim. Seu olhar para mim também não parece de total reconhecimento. Ah, preciso passar mais tempo com esse menino. Aproximo-me e sento no canto da cama, para confortá-lo. Olho para a mesinha de cabeceira, há um coelho. Não é um coelho de design nem de pelúcia, é um... coelho empalhado. Torço o rosto enojado. Não acredito que minha mulher teve a ideia de empalhar o coelho morto e colocá-lo ao lado da cama do guri. Não é à toa que ele tem pesadelos. Olho para meu filho. Com os olhos molhados e o olhar perdido, parece mais infantil. Preciso confirmar a idade dele. Tenho viajado tanto que temo um dia chegar em casa e encontrar um adolescente com os tênis sujos sobre o sofá. Por ora, Vinho parece ainda mais novo do que eu me lembrava. De fato, um menino bonito. O cabelo escuro, liso, os olhos grandes, metálicos, o nariz arrebitado, os traços delicados, quase femininos. Nunca havia pensado em meu próprio filho como *andrógino*, provavelmente porque ele é apenas criança e um termo desses não se aplica; uma indefinição de gênero nessa fase é não mais que natural. Ou era natural quando ele era mais novo. Agora já está na fase da infância em que os traços delicados, num menino, conferem androginia. Está na fase da infância em que traços delicados o fazem parecer mais novo do que deveria ser. Abro-lhe um sorriso. Feliz por ter voltado a tempo. A tempo de pegá-lo na cama, ainda criança, salvá-lo dos perigos noturnos.

"Olha só, que bacana, tu é mesmo sortudo..."

Meu filho me encara sem me entender.

"Ter pesadelo é muito legal, Vinho. Imagina só, tu está aí, quentinho na tua cama, protegido. A mamãe e o papai aqui no quarto ao lado, e tu pode viver as maiores aventuras, encontrar os monstros mais feios, sem perigo nenhum. Eu queria ter essa tua sorte."

Alvinho continua me encarando, sem expressão, mas engole um soluço.

"Eu mesmo sempre fico torcendo para sonhar com algo bem feio, bem impressionante, para depois poder pintar um quadro. Por que tu não faz isso amanhã? Por que não faz um desenho do que tu sonhou? A gente pode pregar na parede do teu quarto, e quanto mais malucos forem teus sonhos, mais legais vão ser os desenhos."

Vinho parece gostar da ideia, e assente. Faz menção de sair da cama.

"Não... Seu safadinho. Falei para desenhar *amanhã*, agora está muito tarde."

Levanto. Alvinho permanece sentado na cama. "Se tu quiser ter algo bem legal para desenhar, precisa dormir bem, sonhar bastante, não ter medo dos sonhos e deixar que as histórias mais malucas aconteçam, tudo bem?"

Ele assente.

"Bom, quer alguma coisa, um leite, uma água?"

"Uma guaraná", meu filho diz esboçando um sorriso.

"Um guaraná?", pergunto franzindo a testa. Tento me lembrar se havia guaraná na geladeira. "A essa hora? Não é bom tomar isso na hora de dormir."

Meu filho me encara sem responder. Deve parecer uma daquelas frases de mãe, crença popular, sem embasamento fisiológico. Manga com leite. Brincar com fogo. Guaraná de fato é estimulante, não? E diurético. Quem bebe guaraná antes de dormir faz xixi na cama — penso em como criar a frase que poderá ser usada por gerações.

Olho de volta para o coelho. Suspiro. Pego o bicho empalhado. "Tudo bem, vou ver se tem guaraná."

A porta de nosso quarto permanece fechada. Agora tenho certeza de que Bianca escutou o grito. Mais do que isso: me escutou chegar em casa, abrir a geladeira, servir o bourbon. Então escutou o grito do filho e pensou: *Deixe que o Bruno cuide disso pelo menos uma vez na vida.* É justo. Vou provar a ela que consigo. Não, vou provar a mim mesmo. Meu filho precisa de mim. Preciso fazer isso enquanto posso. Desço as escadas, vou para a cozinha, deixo o coelho na bancada, abro a geladeira. Há, sim, três latas fechadas de guaraná. Procuro um copo pensando em como servir. Gelo e laranja, senhor? Meu filho não é cliente de classe premium. Para uma criança na cama, provavelmente o mais adequado é num copo com canudinho, sem gelo. Está frio demais, de todo modo. Sirvo num copo longo, não encontro o canudo. O coelho empalhado me observa o tempo todo, como uma obra de Albrecht Dürer. Bicho macabro. Não sei como podem considerar coelho um bicho *fofo*, não tem expressão nenhuma, não emite som algum, movimenta-se sorrateiro, em patas acolchoadas, para destruir a casa. Bem, esse aí não vai destruir mais nada. Deixo-o na cozinha e volto ao quarto do meu filho.

"Pronto, teu guaraná. Tu vai beber isso e voltar a dormir, tá?"

Meu filho ainda está sentado na cama, sob o edredom. Pega o copo com as duas mãos e toma me observando com grandes olhos de chumbo. Lembra-me de quando aqueles olhos olharam pela primeira vez para mim. Ou da primeira vez que eu olhei para eles. Na maternidade, um pacotinho de Alvinho. Olhei em seu rosto tentando ver o que havia de mim, o que havia do meu filho. Aqueles olhos imprecisos voltaram-se para minha direção, mas não me enxergaram. Pareciam olhar através de mim, dentro de mim, em minha alma, que não havia. Eu não conseguia sentir como se meu filho de fato estivesse me olhando, com o olhar vidrado. "Leva alguns meses para a criança conseguir ajustar corretamente o foco", a enfermeira me comunicou como se minhas dúvidas estivessem evidentes. Sorri como se aceitasse com naturalidade meu filho não me reconhecer. Ela não comentou sobre a tênue mancha vermelha que se vislumbrava na testa pálida do bebê, o que na hora tomei como um sinal de delicadeza dela, hoje penso que foi ignorância; ela poderia ter me tranquilizado. Não era nada gritante, nada que pudesse fazer alguém no mundo deixar de amá-lo, ou nada que pudesse fazer pais *amorosos* deixarem de amá-lo, mas precisávamos ser assegurados de que não sinalizava alguma anomalia, ou mesmo de que não ficaria para sempre. Desde aqueles primeiros instantes, aceitamos ter um filho com uma mancha vermelha na testa, nem falamos abertamente sobre isso, eu e minha mulher, talvez um sorriso compreensível compartilhado que dissesse: "É, ele tem essa mancha, mas... bobagem, ele não é lindo?". Porém pouco a pouco ela foi ficando mais tênue, em poucos meses já estava imperceptível. Só agora me dou conta de que nunca mais me dei conta, que provavelmente a mancha há anos já não existe.

Alvinho abaixa o copo com o guaraná. O gole foi longo, mas o refrigerante está praticamente todo lá. "Só isso? Acabou?", pergunto. Vinho volta a levantar o guaraná e a me observar por sobre o copo. Então abaixa o copo, que permanece cheio. "Está fazendo graça, Vinho?"

"Eu gosto só de sentir as bolinhas na boca", ele me diz num sussurro.

Eu me estendo e tiro o copo das mãos dele. "Muito bem, já sentiu. Agora vamos dormir, gurizinho, que está muito tarde."

Vinho se deita com as costas na cama. "Conta uma história para mim."

Suspiro com o copo em mãos. "Vinho, papai está cansado. Viajou o dia todo..."

"Então pega um livro pra mim", ele sugere deitado.

Olho para ele. É apenas uma criança sendo criança. É meu filho querendo ser meu. Eu próprio já tentei tantas vezes... Tentei me comunicar com ele entre brechas. Apressei-me para tentar compensar o tempo perdido. Transportei-o na bagagem de mão. Passeamos juntos pelo bosque em frente, rapidamente. Levei-o ao meu ateliê para pintar comigo. Sentei-me com ele no sofá para tentar entender a graça da Peppa Pig — enquanto eu me dispersava e mergulhava num jornal. Esforcei-me sempre que pude para termos uma conexão; agora meu filho dá a dica pedindo para que eu leia um livro. Não consegue ler sozinho. Eu poderia deixar um livro em suas mãos e sair do quarto. Ele iria alongar a noite olhando as figuras, passando o dedo pelas letras, tentando decifrar o que cada página diz. Sussurrando para si mesmo, inventando histórias sugeridas, completando significados obscuros... Não, posso me encarregar disso. Certificar-me de que a história aconteça, termine e faça sentido em poucos minutos. "Tudo bem. Então, o que vamos ler...?"

Viro-me para a estante dele. Há longas prateleiras de livros, mesmo que ele ainda seja pré-pós-recém-alfabetizado. Veja só, estamos fazendo um bom trabalho como pais incentivadores da leitura. Não poderia ser diferente, com a formação de Bianca. Em frente aos exemplares há bonecos, bonecas, suponho que não são algo que se poderia chamar de *action figures*, os bonecos masculinos. Identifico um unicórnio rosa de borracha. Eu comprei aquilo? Enquanto o menino engatinha, é natural cercá-lo do delicado, do belo, do *feminino*. Não teria cabimento entregar um bebê à guerra, cercando-o de soldadinhos de chumbo, seduzi-lo com armas de brinquedo e histórias de morte, assassinato, heroísmo. A partir de que idade isso começa a fazer sentido? Minha criança se encantando com o grotesco, com os monstros, com o perigo. Eu deveria resguardá-lo disso, mas não consigo deixar de sentir desconforto pelo gosto tão... pueril de Alvinho. Unicórnio rosa. Empurro de lado meu incômodo, não estou aqui para julgar os brinquedos do meu filho, busco o que dizem as lombadas.

"Pega o do coelhinho lindo", diz meu filho nas minhas costas. Certo, *coelindo-linho*, aliterações para crianças, procuro. Logo encontro o volume fino de capa dura atrás de uma boneca perfumada de morango. Puxo. "Este, né?" Meu filho faz que sim. Afasto-me da estante, não sem antes notar o que há em cima dela.

"Vinho... O que é isso?"

É uma raposa, ou um pequeno lobo, um animal laranja de focinho comprido. Mais um animal empalhado. Tem uma expressão no rosto que pode ser a expressão natural do animal, mas para mim parece um sorriso caricato, um sorriso de escárnio. Que ideia macabra decorar o quarto de uma criança com animais empalhados. "Onde tu tá arrumando essas coisas?"

Sentado na cama, ele apenas dá de ombros.

"Não sabe? De onde veio isso?", pergunto mais incisivo.

"O vovô me ensinou a caçar...", meu filho diz baixo num resmungo partido. Está fazendo manha, e se eu pressionar mais um pouco vai começar a chorar. Insisto um pouco mais suave. "Que bobagem é essa, Vinho? Fala, de onde vieram esses bichos?"

"O vovô...", ele diz sustando um soluço.

"Tu sabe que o vovô não está mais vivo." O único avô que ele conheceu, pai de Bianca, morreu há dois anos. Meu pai morreu antes mesmo de ele existir, nesta mesma casa, e não consigo imaginá-lo vindo visitar o neto como fantasma. Meu pai sempre foi um homem muito pragmático, e o que resta de um homem pragmático depois de morto? Não há por que permanecer, aparecer, vagar sem respirar. Homens práticos não viram fantasmas.

"Quem te deu esses bichos?", insisto.

Meu filho permanece me olhando, não me responde. "Bom, se o gato comeu tua língua não tem por que a gente ler uma história juntos, né?" É um argumento que não se sustenta, mas é o que tenho agora. Imagino se um gato selvagem entrasse furtivo de madrugada na casa, farejasse o cheiro leitoso de meu filho, subisse as escadas em suas próprias patas acolchoadas e entrasse no quarto de Alvinho, subisse em seu peito, mordiscasse sua língua enquanto ele estivesse dormindo. Alvinho acordaria gritando, tentando gritar, o gato comeu sua língua. Quando nos déssemos conta, o gato já estaria longe demais, de barriga cheia, não poderia nem ser empalhado. Teríamos de consolar uma criança muda. Teríamos de nos consolar por ter um filho que não fala. Uma criança que não se queixa. Certamente eu passaria noites contando histórias para Alvinho. Iria tentar recompensá-lo pela perda do órgão, a perda da fala, do paladar, tentar adoçar sua vida das formas que restavam...

"Tudo bem, amanhã pergunto para tua mãe sobre esses bichos", desisto indo até a cama dele com o livro do coelhinho em mãos. "Vamos ler só essa história e depois o senhor vai dormir quietinho."

Thomas Schmidt
O COELHINHO LINDO

Ilustrações de Laurent Cardon

Companhia das Letrinhas

Thomas Schimidt

O COELHINHO LINDO

Ilustrações de LAURENT CARDON

Companhia das Letrinhas

Todos os coelhos são lindos,
Porém um deles era muito mais.
De pelo vermelho, sempre sorrindo,
O mais belo entre seus iguais.

"De onde vêm seus olhos quirguizes?
Os mais belos da freguesia?"
Perguntava-lhe o amigo Cisne
Ao que o Coelhinho dizia:

"De minha mãe não tenho a cara
De meu pai não tenho a cor
Puxo minha persona rara
E a beleza de meu avô."

O Cisne o achava engraçado
E o convidava para o café.
Coelhinho dizia "obrigado"
Recusava e dava no pé.

Todos os coelhos são fofos,
No caso era mesmo fofura
Felpudo e nada balofo,
Porcentagem ideal de gordura.

"Vem de onde esse corpo esbelto?
Tão ágil e tão saltitante?"
O Veado perguntava-lhe incerto.
Coelhinho dizia num instante:

"De minha mãe não tenho o peso
De meu pai não tenho a pança
A quem que eu puxei mesmo
Foi meu avô, desde criança."

O Veado se admirava
Convidava-o para o almoço.
O Coelhinho se desculpava
E dizia "ah, hoje eu não posso".

Todos os coelhos são graciosos
Porém um deles, nem se conta
Os pais estariam orgulhosos
Um focinho empinado que afronta.

"Que elegância toda é essa¿"
Perguntava-lhe a Tartaruga.
"Seu pelo é macio à beça,
Sua pele não tem uma ruga!"

"Minha mãe é de raça mista
Meu pai de família pobre
Agradeço ao meu avô que exista
Em mim qualquer traço de nobre."

Tartaruga então o convidava
Oferecia-lhe pastéis de nata.
Como sempre ele recusava.
Fugia pra dentro da mata.

Coelhos sempre têm amigos
Mas esse só criava intrigas
Causava discórdia, um castigo
Ciúmes nas inimigas.

"Ele se acha o gostoso."
"Ele se acha demais."
"Eu acho ele um nojo."
"Não se achou ainda, o rapaz."

O Coelhinho os ignorava,
Com sua elevada nobreza,
Sabia, o doce saboreava-se
Na hora da sobremesa.

Todos os coelhos se entendem
Mas esse era bem esquisito.
Muitos coelhos desmentem
Era feio, não era bonito.

"Vamos tentar aceitá-lo"
Mãe Coelha disse em sua toca.
"Um jantar para convidá-lo,
Que nos aceite em troca."

"Aceito com muito gosto
Às oito estarei a caminho.
Grato e, por suposto,
Levo uma vodca, um vinho?"

Assim, Coelha com seus filhotes
Recebeu o Coelhinlindo
Que engoliu todos num bote
E saiu saltando, sorrindo.

"Nunca disse que era coelho
Sou raposa, nem menos nem mais.
Não escondi o meu pelo vermelho
Nem que sou neto de Satanás."

"Que história péssima, Alvinho."

Fecho o livro e meu filho permanece de olhos bem abertos. Há aquele brilho vidrado em seus olhos e tento identificar de onde vem, o que reflete, só localizo a lâmpada no lustre com o móbile de coelhos. A história, o móbile, os bichos empalhados, sinto que tudo contribui com os pesadelos do meu filho. Preciso conversar com Bianca sobre isso. "Tu tá ficando muito caretinha, Bruno. As crianças gostam dessas coisas." Afinal, os contos de fada mais clássicos terminam com a bruxa vestindo sapatinhos em brasa, tendo de dançar até morrer. Porém se os contos foram sendo suavizados com o tempo, provavelmente é para que os pais não tenham de se levantar tanto de madrugada para acudir os filhos de seus pesadelos. "Ter pesadelos é tão importante para uma criança quanto ter sonhos", minha esposa diria, um argumento que, se faz sentido, que fique para o filho dos outros. Preciso me desdobrar sugerindo que meu filho desenhe o que de pior acontece com ele em sonhos. Melhor que tenha sonhos tranquilos com unicórnios e coelhos vivos. Deus me livre que os pesadelos transformem meu filho em artista.

Meu filho chegou tarde demais, e a maioria das pessoas diria que isso não é saudável, nem para a criança, nem para o pai. Além do abismo entre gerações, além das hipercompensações, há a impermanência. Mortalidade. Eu não estarei aqui para sempre. E não sei se estarei aqui para ver meu filho se formar, no que ele vai se transformar, não sei se devo. Não sei o quanto quero participar de meus netos; estarei velho demais para ser um... avô. Dizem que para os pais os filhos são sempre crianças, e é assim que eu gostaria de manter o meu. Ainda assim, preciso estar ao lado dele, se ele vai crescer, fermentar, apodrecer...

Guardando o livro reencontro as prateleiras com os brinquedos infantis. Os brinquedos *femininos*, é o que penso, por mais que tente afastar o sexismo. Não há nada de errado em meu filho gostar de bonecas e coelhos. Não há nada de errado em gostar de coelhos mortos e empalhados. Talvez haja. Tiro a raposa empalhada de cima da estante e me volto a Vinho na cama.

"Muito bem, já lemos a história toda, já sentiu as bolinhas na boca, agora o senhor vai dormir", digo dando um beijo em sua testa, e ele solta uma risadinha, ainda com olhos bem abertos. O intuito de contar histórias é fazer a criança adormecer, eu sei, só não entendo como acreditam que isso funciona. Se eu estivesse ouvindo uma boa história, também ficaria acordado para saber como termina. Se gostasse do final, provavelmente iria querer conversar sobre isso. Pois bem, agora terminou, preciso agir da forma suave que faz as crianças dormirem, outros pais conseguem. Penso em perguntar se devo deixar uma luzinha de tomada acesa enquanto me encaminho para o interruptor ao lado da porta, com a raposa empalhada debaixo do braço. Não pergunto e ele não se pronuncia quando deixo o quarto novamente no escuro. Encosto a porta.

"Alvinho precisa do pai", Bianca diz em algum pouso entre minhas viagens. É mais um pensamento do que uma lembrança, tento identificar um momento específico em que ela tenha dito isso, talvez porque seja uma ideia tão recorrente. A frase formulada assim, com essas palavras, surge porque seria uma frase típica dita por uma mulher, por minha mulher, por minha mulher não. Não importa, todo menino precisa de um pai. Todo menino precisa de um homem, uma figura paterna, masculina, uma referência. Alvinho não tem nada disso... Que diabos, ele tem a mim. Ele tem o pai na estrada, então o pai de volta. O pai voltando e trazendo presentes, o pai na tevê dando entrevistas. O pai mantendo a casa de pé, as contas pagas, a cama aquecida, a lareira apagada, não é? Não dá para ser mais *padrão* do que isso. Pode não ser o *ideal*, porém é mais do que a maioria das crianças de hoje pode dizer que tem. Falta um avô, ou dois, é verdade, mas acho que isso é algo com que as crianças de hoje, que nascem de pais cada vez mais velhos, precisam se acostumar. Bem, os avôs também duram mais... Meu pai não durou o suficiente para ver o neto, tenho certeza de que eles teriam se divertido juntos. Seria daqueles avôs que faria piões de madeira, cavalos de pau e carrinhos de rolimã... que Alvinho teria desprezado. Ele teria ensinado muitas coisas ao neto, não a caçar.

Recebi a notícia de que eu era o próximo da fila numa lanchonete McDonald's. "Boa tarde, senhor, seu pedido?" Abaixei os olhos do caixa para o visor do celular. Finalmente atendi porque era Bianca. O dia todo o telefone tocava entre cobranças e decepções e eu havia muito tinha deixado de dar atenção. "Bruno, teu pai morreu", ela dizia do outro lado da linha. Ataque cardíaco. Fora encontrado aqui nesta casa, na oficina, por um cliente, informava minha mulher. Foi a forma e vez certas para ele, pensei. Fulminante, já numa idade avançada. Era triste, não deixava de ser natural, mas, por algum motivo, receber a notícia daquela maneira, encontrar-me na fila de um McDonald's, pareceu terrivelmente inadequado. "Boa tarde, senhor", pressionou a atendente querendo fazer jus à famosa rapidez da rede. Afastei-me do caixa para dar lugar a outro e me virei para seguir a conversa com minha mulher.

"Onde tu tá?", quis saber Bianca.

"Indo almoçar; acabei de sair da reunião na galeria." Aquilo não deixava de ser verdade.

"Bem, vamos precisar ir para Trevo do Sul; quer que eu veja passagens?", dizia Bianca do outro lado da linha.

"Não, me deixe pensar um pouco..." Eu tentava ganhar tempo, decidir se precisávamos ir mesmo, olhando para os retratos hiper-realistas dos sanduíches no balcão.

"Pelo amor de Deus, é teu pai!", insistia Bianca.

Por isso. O filho era eu. Meu pai estava morto. Meus avós estavam mortos. É comigo que eu deveria me preocupar. Eu era o próximo da fila, numa rede de fast food.

Coloco a raposa ao lado do coelho na bancada da cozinha, enquanto reabasteço meu copo de JD. Pergunto-me qual seria a reação do meu filho à minha morte, o quanto seria indiferente. "Alvinho, lembra daquele senhor que costumava aparecer de tempos em tempos aqui?"

"Aquele que me ensinou a caçar?"

"Não, não, aquele que te levou para a casa dos teus primos uma vez?"

"O tio Valko?"

"Não, Vinho, o que te deu a caixa de lápis de cor."

"Ah, o pintor dos quadros..."

"Isso, o pintor dos quadros. Bem, ele, ele se foi, está com o vovô agora..."

"Hum..." E meu filho indiferente continuaria empurrando um carrinho pelo chão do quarto, simulando um motor ruidoso com a voz... (Ao menos posso sonhar que esteja brincando de carrinho...)

Olho para os animais empalhados. Não é algo de bom gosto nem como objeto de decoração nem como trabalho taxidérmico. Muito menos como brinquedo de criança. Deve ser obra de um taxidermista amador, a quem Bianca recorreu tentando consolar nosso filho. Que ideia de merda. Há o velho alemão, sr. Grüne, que vive na casa ao lado. Ele poderia passar por um avô. Tento me lembrar se Bianca ou Vinho já o chamaram de "vovô Grüne", pode ser. Nunca estive dentro da casa dele para dizer que não é um taxidermista. Nunca me sentei no colo dele para dizer que não é um avô. De repente, caçador e taxidermista. Mata raposas e coelhos da região e os empalha. Fica sabendo da perda do Vinho e o presenteia com um de seus trabalhos. O menino adora o presente e pede outro animalzinho. Assim temos um coelho e uma raposa empalhados no quarto do nosso filho.

Olho novamente para o relógio do micro-ondas. É tão tarde que já é cedo de onde vim. Pego a bebida, o celular, vou para a vidraça que dá para o jardim dos fundos e decido ligar para Scarlett, acalmar-me com uma voz suave de mulher, ouvir uma boa história antes de dormir. Ela não fala português, mas atualmente me entende melhor do que minha mulher e meu filho. Estamos no mesmo universo. Com ela me sinto em casa. Ela está sempre a uma breve localização de redial.

Enquanto ondas eletromagnéticas desviam de montanhas, acertam antenas, cruzam oceanos e desbravam cidades, observo a neve cobrindo pouco a pouco nosso jardim. Se continuar assim, amanhã de manhã eu e meu filho poderemos construir um boneco de neve, se eu acordar cedo... "Scarlett?"

"Bruno, onde você está?"

"Em casa..." penso em como aquilo é tão vago para ela quanto para mim. "Trevo do Sul. Está nevando aqui fora."

"O que você quer dizer?"

"Nevando... Você sabe, é inverno aqui embaixo."

"Ah. Não sabia que nevava no Brasil."

"Não é comum. É um acontecimento, na verdade..."

"Foi tudo bem com a viagem?"

"É. Foi o.k. Cansativo, mas o.k. Eu só... Acho que só não estou mais acostumado a estar em casa."

"Bobagem. É só o jet lag."

"Pode ser. Mal reconheço meu filho..."

"Eles crescem rápido."

"Ele não. Parece menor."

"Deu a ele o coelho?" Quando ela pergunta, eu nos vejo passando em frente à loja na Oxford Street. "Aqui deve ter o coelho do seu filho", ela indicou e entramos. Andares e mais andares de pelúcia, borracha, games, drones, e eu tentando decodificar o que daquilo poderia agradar ao meu filho, o que daquilo não poderia agradar a um filho. Scarlett sorriu legitimamente satisfeita quando encontrou um coelho perfeito para Alvinho. Aqui, ao telefone, vendo a neve, eu sorrio de volta.

"Ainda não. Ele deveria estar dormindo. Acordou de um pesadelo."

"Deve ter te escutado chegando. Aproveitou a oportunidade de buscar o colo do pai, por isso parece mais novo."

Faz sentido. Scarlett está sempre certa. Ainda não tem filhos, acho que já a ouvi contar algo sobre sobrinhos, ainda assim sabe perfeitamente como cuidar de mim, da minha carreira, da minha família. Provavelmente por isso é que não tem a sua. Gostaria que ela estivesse aqui. Gostaria que estivesse na minha cama. Gostaria de esfregá-la em meus lençóis e engravidá-la. "Gostaria que estivesse aqui", é tudo que digo.

Ela apenas solta um de seus risinhos do outro lado, como se fosse bobagem. É bobagem, claro. Se ela estivesse aqui, não seria

Scarlett. Seria minha esposa, não seria a mesma coisa. Ela deve estar muito acostumada com aquilo. Não só vindo de mim, mas de outros artistas. Scarlett é a profissional perfeita. E esse é o problema, ela é profissional demais, detém todas as soluções. E eu ainda posso ligar para ela a essa hora da noite porque o fuso horário permite. Perfeito.

"Estou com saudades", insisto.

Ela boceja do outro lado. "A gente se viu ontem, Bruno."

Sério? Tento avaliar mentalmente. Talvez ela se refira ao *meu* ontem, de manhãzinha, antes de eu começar toda a jornada por aeroportos, se considerar minha madrugada como um dia que ainda não acabou. No dia que já começou para ela, certamente nosso último encontro foi anteontem, quarenta e oito horas antes. Por que essa contagem importa?

"Escute, já tem uma posição sobre as telas de que te perguntei?" Ela resgata a objetividade de nosso relacionamento.

"Ainda não. A neve obstruiu a entrada do meu ateliê", respondo de pirraça.

"Oh. Bom, assim que se ajeitar por aí, me diga."

Dou mais um gole no JD e me abstenho de dizer a ela que é brincadeira, que se a neve obstruísse qualquer coisa neste país seria o apocalipse. Que as obstruções no Brasil acontecem por motivos bem mais abstratos, ou anticlimáticos. Tento formular uma frase que caia bem em meu inglês e que combine com o nome dela. Parte do charme de nosso relacionamento sempre foi poder verbalizar frases que aprendi em longas-metragens. Ainda assim nunca encontrei espaço para *"Frankly, my dear, I don't give a damn"*.

"Scarlett, eu só..." Ao desviar o olhar da neve, pensando em como completar a frase, vejo meu filho aos pés da escada. Vinho. Está com a calça do pijama molhada e aquele olhar vidrado. "Ai, Deus..."

"Desculpa? Bruno?"

"Eu te ligo amanhã."

Desligo sem saber se "amanhã" significa assim que o dia amanhecer, o dia seguinte ou qualquer hora de qualquer dia que faça sentido. Corro até meu filho.

"Por favor, eu quero ir embora, me deixa ir embora, mamãe, por favor..."

Alvinho soluçava desesperado segurando o telefone e eu trincava internamente de constrangimento. Olhava para meu cunhado tentando flagrar algum traço de solidariedade, sem identificar se o que ele me oferecia num torcer de cabeça era reprovação, impaciência ou descaso. Um fim de semana com meu filho. Na casa de meu cunhado em Belo Horizonte. Eu iria a um evento em Inhotim e meu filho poderia aproveitar para ficar um pouco com os primos. Não deu certo. Desde que chegou lá, Alvinho se mostrou desconfortável. Assustou-se com o jeito agressivo dos guris, que foram se divertir jogando bola no campinho. Alvinho sempre foi um menino *indoor*, ainda que morasse no interior... talvez por isso mesmo. E na primeira oportunidade que teve de falar com a mãe ao telefone, desabou desesperado para ir embora dali.

"Acho que não foi uma boa ideia trazê-lo, Bianca", eu disse quando Alvinho foi tirado da sala pela tia e o telefone voltou às minhas mãos. "Ele não se sente bem longe de casa, com os primos. Nosso filho está de férias e deveria estar se divertindo."

"Bruno, Alvinho nunca vai se sentir bem fora de casa se não se acostumar. Temos de aproveitar essas oportunidades para colocá-lo no mundo, é assim que ele vai crescer."

"Não quero que ele cresça", respondi com sinceridade. Também não sabia o que fazer com uma criança. Não sabia como se cria um homem. Não estou fazendo um bom trabalho.

"Ele precisa de ti", Bianca continuou. "Tu precisa reforçar esse laço com ele, para que ele tenha uma referência masculina positiva."

"Diabos, Bianca, ele tem uma referência masculina positiva. Não é como se ele fosse filho de pais separados e me visse uma vez por mês..."

"Na prática, é basicamente isso."

Suspirei. Não queria ter aquela discussão com Bianca com meu cunhado logo ao lado. Ela sabia que eu precisava viajar, minha carreira dependia disso, nossa família dependia da minha carreira.

"Sei que é importante para tua carreira, Bruno", dizia ela incorporando as minhas falas na discussão. "Eu entendo. Por isso mesmo que tu precisa aproveitar oportunidades como essa para ficar com teu filho."

"Eu estou aproveitando, estou com meu filho. Eu só quero que *ele* fique feliz. E ele não está."

"Então faça com que esteja. Tente entender o que teu filho quer, do que ele precisa... além de mim. Ninguém disse que é fácil criar uma criança, Bruno, mas eu faço isso todos os dias."

Sim, ela faz. Se eu que sustento a casa, ela a mantém de pé, sacrificando-se por mim, por nós, por nosso filho. Há muito deixou de escrever; assumiu-se como tradutora, como revisora, quando meu trabalho era ainda incerto, minha arte ainda abstrata, os pagamentos imprevisíveis. Ela mantinha as contas em dia, enquanto eu ao menos podia me vangloriar de uma bela soma surpresa, um belo presente em seu aniversário. Valeu a pena, não valeu? Valeu ter acreditado em mim. Agora dinheiro é algo com que ela não precisa se preocupar. Não precisa se preocupar em fazer algo da própria vida.

Com minha esposa inconsciente, dormindo no andar de cima, encontro meu filho aos pés da escada, com o pijama manchado de urina.

"Vinho, que deu em ti?"

Ajoelhado diante dele, meu filho parece maior do que eu. Ajoelhado aos seus pés, meu filho parece maior do que parecia na cama. Se meu filho parecia pequeno e infantil entre os lençóis, de pé no meio da sala parece alto e alongado, quase pré-adolescente. Membros esguios e desengonçados encimados por um rosto de menino-menina. Tudo isso mais estranho por ele estar fora da cama com o largo pijama molhado.

"Tive um pesadelo", repete meu filho. Não preciso farejar fundo para sentir o cheiro forte de vinagre, de onde quer que tenha vindo. Foi só um copo de guaraná, há pouco mais de, o quê, meia hora, vinte minutos? Não é possível que o corpo humano tenha tido tempo, ímpeto e urgência de processar o líquido e expeli-lo entre os sonhos.

"Tu fez xixi na cama?"

Meu filho dá de ombros. Penso no que perguntar e só encontro a barreira de minhas próprias incapacidades. Mais uma questão para fazer a Bianca. Afinal, o que está se passando com Alvinho? Com que frequência isso ocorre? O quanto ele precisa de um pai, de mim? Por que ela nunca disse que o filho estava com problemas reais, problemas renais, que eu precisava sim fazer algo em relação à minha ausência? Eu poderia ter dado um jeito, sim, claro, eu poderia ter dado um jeito. Claro que eu poderia ter dado um jeito, o bem-estar do guri tem de estar em primeiro lugar. Poderíamos arrumar um psicólogo, para começar. Algumas vezes os próprios pais não são capazes. Às vezes é preciso alguém neutro para identificar a raiz do problema. Eu mesmo achei que estava tudo bem. Eu achei que estava tudo certo.

Bem, quem disse que não está? Foi só xixi nas calças. É isso o que as crianças fazem, não? Mesmo as crianças de, não sei, seis, sete, oito anos. As crianças de hoje se desenvolvem mais lentamente. As bebidas de hoje têm um efeito mais diurético. "Tudo bem, vamos tomar um banho." Eu o pego pela mão e puxo em direção à escada. Reparo nos respingos que ficam no carpete. Ele não urinou apenas na cama. "Vinho! Tu não tem mais idade para isso!"

Subo a escada pisando forte. "Vem, vamos tomar um banho", repito passando na frente do quarto em que minha mulher dorme, apenas para que ela ouça. Já se foi o momento em que eu deveria ser reptício e aconchegar-me aos poucos a essa vida cotidiana. Agora é bom que ela saiba que estou aqui, exercendo minha função. Seria bom que ela viesse me ajudar. Gostaria que ela tirasse Alvinho de minhas mãos e assumisse: "Tudo bem, Bruno, pode deixar. Eu dou banho nele. Só pegue um pijama limpo no quarto. Terceira gaveta do criado-mudo, de cima para baixo".

Entro com meu filho no banheiro e deixo a porta aberta. Abaixo-me para tirar seu pijama, camisa e calça, ele não está usando cueca. O cheiro forte parece mesmo de vinagre e me pergunto se esse é o cheiro de xixi de criança, se há algo de muito errado no aparelho urinário do meu filho. O equipamento está lá, pequeno e liso como o de uma criança, masculino como deve ser. Quase temia encontrar uma fenda. Eu o iço para dentro da banheira, ligo o chuveiro, reparo num grande hematoma em sua coxa direita. "O que foi isso, filho?"

Vinho dá de ombros novamente.

"Não vem com essa. Te fiz uma pergunta... Olha pra mim", levanto o rosto de meu filho para que encontre meu olhar.

"Não sei. Acho que foi caçando..." Meu filho segue em voz baixa com essa história enquanto tento acertar a temperatura do chuveiro, frio demais, então muito quente. "Ai!" Vinho grita agudo como gato escaldado. Eu o afasto do jato d'água — isso minha mulher não deveria ouvir. Manipulo as torneiras enquanto penso se devo insistir, o quanto estou sendo negligente, o quanto estou sendo superprotetor. É um menino que mora no campo, afinal. Natural que tenha hematomas no corpo, joelho esfolado, bicho-de-pé, um supercílio aberto. Conduzo-o de volta à água morna. Sua pele é branca, lisa e imaculada, emasculada, exceto pelo hematoma na coxa. Pego o sabonete e passo por seu peito, viro-o de costas. O sabonete corre por um terreno acidentado de ossos protuberantes de codorna. Questiono-me se não deveria deixá-lo esfregar a si próprio. Ele já tem mais do que idade para tomar banho sozinho, quem sabe por isso Bianca não tenha notado hematomas que aparecem em seu corpo. Viro-o de frente novamente e vejo a ereção que se pronuncia. O pênis agora acompanha os membros alongados e quase acredito que meu filho seja um pré-adolescente. Entrego o sabonete em suas mãos. "Lave bem aí que vou buscar um pijama novo pra ti."

Piso novamente firme pelo corredor. Porta do banheiro aberta, o chuveiro escorre. Não é possível que minha mulher não esteja escutando, ela sempre teve o sono tão leve. Se é assim, vou dar um jeito de que a sonoplastia comunique que estou no controle da situação. Abro a terceira gaveta do criado-mudo, de cima para baixo, os pijamas não estão lá. Abro e fecho gavetas com estrondo, os pijamas estão na última. "Por que Alvinho fez xixi na cama, Bruno? Tu deu guaraná para ele a essa hora? Deixou a luz apagada? Não me diga que tu leu aquele livro do coelhinho..." Minha mulher emergirá com uma bateria de reprovações. Percebo como por trás de tudo sinto saudades dela. Talvez só agora eu perceba como sinto saudades dela. Mas é um sentimento que quero deixar amanhecer, uma saciedade que quero deixar para depois. Não estou com cabeça agora, seja para cobranças, seja para demonstrações de afeto. Quero apenas dar conta do meu filho, colocá-lo para dormir, terminar meu drinque e poder eu mesmo adormecer, para acordar quando tudo em meu organismo já estiver no lugar.

Volto ao banheiro e, dessa vez, fecho a porta. Vinho já está fora da banheira, chuveiro desligado, enrolado na toalha. Muito bem, sabia que ele podia cuidar disso sozinho. E, se pode cuidar disso sozinho, não deveria estar fazendo xixi na cama. Ajoelho-me e esfrego seus cabelos molhados me perguntando se deveria de fato tê-lo deixado sob a ducha nesse frio, a essa hora da madrugada.

"Vinho, tu já é um guri grande, olha o teu tamanho. Não tem cabimento fazer xixi na cama."

Meu filho apenas abre um semissorriso malicioso.

"Não tem a menor graça; tu fez isso de propósito?", pergunto secando seus cabelos enquanto tento me manter longe de seu pênis, que continua ereto, escapando por entre a toalha, apontando para mim. "Amanhã vou conversar com tua mãe sobre isso."

Vinho morde o lábio, como para conter um sorriso. Pego a toalha e lhe estendo a calça do pijama. "Vai, veste." Meu filho enfia as longas pernas finas na calça e eu puxo o elástico para cobrir seu pênis rijo. "Para quem teve um pesadelo, o senhor está muito animadinho", solto o elástico. Então tenho de puxá-lo mais uma vez para confirmar o que quero duvidar ter visto. Pelos pubianos. Finos, ralos, poucos, mas estão lá, confirmo. Cinco minutos antes, no chuveiro, parecia não haver nem sinal. Solto o elástico e só consigo olhar boquiaberto para meu filho, que continua sorrindo.

"Vista a camisa", entrego a peça a ele e me afasto levantando. Viro o rosto enquanto ele enfia os braços nas mangas, então me volto a tempo de espiar suas axilas, ainda lisas. "Vamos, Alvinho, já aprontou demais por esta noite", eu o conduzo de volta ao quarto.

Quando faz menção de subir na cama, eu o detenho. "Espere, me deixe ver a roupa de cama." Eu puxo o edredom, os lençóis, não consigo identificar sinais de molhado. Tateio com a palma da mão. Farejo. "Vinho, afinal tu fez ou não xixi na cama?"

Meu filho dá de ombros novamente. Permaneço parado, segurando as cobertas, sem saber o que fazer. "Tu deixou teu filho dormir nos lençóis sujos?", Bianca dirá. "Eu revirei a cama", me defenderei. "Não encontrei vestígio de urina." Mais simples trocar a roupa de cama toda de uma vez. Arranco cobertas, lençóis, deixo o colchão nu. Não há mancha alguma de xixi, confirmo. Meu filho caminha pelo quarto até a janela e afasta as cortinas.

"O que está espiando aí?", pergunto enquanto abro armários, procuro uma nova roupa de cama.

"Está caindo neve...", meu filho diz de costas para mim, com a cara encostada no vidro.

"Viu que legal?" Tento me lembrar se ele já viu neve antes, se tivemos neve por aqui nos últimos anos, se eu estive aqui enquanto a neve estava. Mesmo na capital da neve no Brasil, é preciso foco; uma piscada, e ela pode derreter. Capaz de ele ter perdido enquanto dormia. Perdeu a neve enquanto assistia tevê. Perdeu a neve enquanto tomava banho, lia um livro, colava bolas de algodão numa cartolina da aula de artes da escolinha, reproduzindo um cenário imaginário de inverno.

A ideia da neve, de toda forma, é tão arquetípica. Palpável mesmo a quem nunca saiu do país, ao abrir o congelador. Eu mesmo não me lembro. Não me lembro da primeira vez que vi neve. Nem mesmo da última. Bem... a última que *vi* de fato foi há pouco mais de um mês, monte Ararat, se é que se pode considerar aquele topo perenemente branco uma visão de neve. Flutuava ao longe, em Yerevan, símbolo de uma nação à qual nem pertence mais. Uma provocação de algo inatingível, além das fronteiras, acima das nuvens, sempre à vista, como para reforçar os ideais cristãos de seu povo.

Lembro, sim, da segunda, quem sabe a quarta vez; vi a neve já com consciência sobre ela, com uma lembrança inconsciente de tê-la visto antes aqui mesmo em Trevo do Sul. Nós pré-adolescentes querendo literalmente travestirmo-nos de rebeldes, aproveitando a primeira neve do inverno para nos despirmos de quaisquer agasalhos tricotados por nossos pais e avós. Um frio do caralho. Ou pelo menos era isso que sentíamos, mal agasalhados. Fazendo guerras de bolas de neve sem nem mesmo luvas como proteção. Um de meus colegas, Sev, um piá despirocado, saiu de *bermuda*. Nós moleques aprendemos logo o quanto o frio podia ser doloroso. Os adultos lamentavam as perdas na agricultura. Ninguém pensava ainda em lucrar com a neve.

Deve ter servido ao menos para reforçar em mim o mito do frio do Sul. Depois de sair daqui, ir morar em São Paulo, viajar pelo mundo, ficou forte em mim a impressão de que, voltando à Serra Catarinense, eu poderia ter um "inverno de verdade". Não, ficou a impressão de que poderia ter invernos, *todos os anos*. Que a lareira teria serventia. Que minhas luvas, cachecóis e agasalhos teriam um uso efetivo quando eu voltasse a morar no Sul, não mais fantasias de viagem apenas. Que eu viveria num clima ameno mais propício a um *artista*.

O que encontrei, encontramos, foi uma cidade abafada demais no verão. Um verão que durava tanto quanto na maior parte do Brasil. Um clima que me fazia suar como nunca; quem sabe o aquecimento global, eu morrendo como um urso-polar; quem sabe devido à nova capa de gordura, que eu não possuía na juventude. Vieram invernos de uma semana, de repente um mês, de repente um mês que perdi. A neve nesta cidade confirmou-se como exceção, meramente decorativa. Foi uma confirmação na meia-idade de todas as promessas falsas que nos oferecem no Natal.

"Muito bem: cama. Amanhã...", me detenho porque não sei como terminar a frase. Amanhã a neve ainda estará aí? Provavelmente não. Amanhã o senhor acorda cedo para a escola? Não estou certo de que estamos no período letivo, num dia útil, que meu filho estuda de manhã. "Já está muito tarde", é o que digo.

Meu filho salta para a cama e eu o cubro com um edredom que tem um cheiro forte de mofo. Pelo menos não é urina. Beijo sua testa de novo. "Boa noite, Vinho", e sigo para apagar a luz do quarto.

"Espera", ele me detém quando estou com a mão no interruptor.

"Oi, filho", espero com receio de que instantaneamente tenha voltado seu medo do escuro.

"Vê como está a Preta..."

Eu comprimo os olhos e o examino, tentando identificar o que ele quer dizer. "Tu viu algo de errado com ela?"

"Está frio. E ela está dormindo lá fora."

Concordo com a cabeça e apago a luz. Não há necessidade de preocupá-lo comentando do sangramento da pastora.

Preta sempre ficou no quintal da frente, como boa cachorra de guarda. À vista do portão, intimida e anuncia passantes com seu latido potente; não que passe assim tanta gente... Ninguém precisa saber o quão dócil ela é. Nós mesmos não sabemos o quanto ela efetivamente protegeria a casa no caso de um assalto. Quando a pegamos filhote, eu ainda tinha a ideia romântica de que poderia pintar com ela ao meu lado. Bianca poderia ler com ela deitada aos seus pés em frente à lareira, a lareira acesa. Ao primeiro xixi no tapete, decidimos mantê-la no quintal. Sinto-me meio traidor por ter permitido que o coelho de Alvinho reinasse dentro de casa, mesmo que por curtíssimo tempo; até um cachorro pode nutrir mágoas com uma coisa dessas. Não foi à toa que ela matou o coelho na primeira oportunidade. Por instinto ou mágoa, não se pode culpá-la.

Volto à cozinha e reabasteço o copo de Jack Daniels. Na bancada, a garrafa de vinagre... Não poderia...? Abro a tampa e cheiro. É, vinagre tem cheiro de vinagre, que surpresa. Tem cheiro do xixi do meu filho. O xixi do meu filho tem cheiro de vinagre. A calça molhada, ainda escorrendo aqui no andar de baixo. O colchão e os lençóis secos na cama. Uma farsa capenga digna de uma criança. Uma farsa capenga em que eu caí. Uma criança que já tem pelos púbicos. Meu filho está querendo chamar minha atenção. Posso culpá-lo? Meu filho está se exibindo com uma ereção. Há algo mais preocupante do que xixi na cama. Há uma mancha escura em sua coxa; deveria tê-la esfregado forte no banho. "É tinta; me sujei enquanto caçava", argumentaria meu filho com seu sorriso safado; fazia arte. Bem, não vamos longe demais; encontrei o vinagre onde deveria estar, na cozinha, não significa nada. A mancha e os pelos, sim. Puberdade precoce, provocada por um trauma. Puberdade antecipada por abusos. Preciso conversar com minha mulher sobre a escolinha, o vizinho, a empregada.

Quando Bianca me contou que estava grávida de novo, de Alvinho, foi uma notícia incômoda. Ao voltar para casa, eu notara o incômodo dela. Distante, irritadiça, nos primeiros dias sustou qualquer conversa que eu tentasse prolongar. Evitava meu toque, escapava do meu alcance, desviava os olhos. Não questionei, não insisti, porque não queria saber. Sinceramente, não achei que fosse sério. Ou apenas não achei que me dizia respeito. Coisas de mulher às quais eu já me acostumara a não fazer mais parte, me acostumara a não fazer parte, me acostumara a nunca poder fazer parte, desisti. O incômodo, entretanto, era de minha mulher, e agora ela teria de se abrir comigo. Contou sobre a gravidez e tudo fez sentido, ainda que aquilo nunca tivesse passado pela minha cabeça. Fiz minhas contas mentais. Pensei de quando poderia ter sido. Abstive-me de perguntar se ela tinha certeza, se não se deixava levar apenas por uma interrupção no ciclo...

As coisas não tinham dado certo da primeira vez. E eu não sabia se agora podia me permitir ser feliz, se deveria me esforçar, como antes. A notícia de uma gravidez é sempre preocupante: pânico, euforia, a responsabilidade de toda uma vida. Contas a pagar, drogas, hidromicrocefalia, más companhias, tudo parece pesar igualmente e precisamos apenas nos entregar ao otimismo, uma fé darwinista na evolução da espécie. Conseguimos. Durou pouco. Com a nova gravidez eu me perguntava se tinha forças, se tinha idade, se tinha fé em que alguma coisa nesse campo ainda pudesse dar certo.

Os anos passaram. Agora me certifico. Há algo de errado com meu filho. E não posso dizer que me surpreendo. Esperei a vida toda por isso. Desde o primeiro dia, desde antes, desde o que aconteceu com Clara, espero algum sinal de anomalia. A mancha vermelha na testa desapareceu, então esperamos os primeiros passos. Alvinho engatinhou e se levantou, então esperamos as primeiras palavras. Alvinho falou, acho que foi algo previsível como *mamá*, e esperamos as convulsões. A cada frango servido, esperava o osso da sorte a travar-lhe a garganta. Sempre que eu voltava de uma viagem, sempre que, de longe, perguntava sobre ele, esperava, temia, ansiava pela má notícia que acreditava ser inevitável recair sobre meu filho. "Alvinho caiu, machucou-se, está internado, ele se foi." Se não havia acontecido ainda, aconteceria. Nunca aconteceu. Foi tanto um alívio por ele sempre estar bem quanto um incômodo a persistir, a iminência de uma catástrofe. E agora as pequenas paranoias vão se acumulando. Agora parece que há motivos reais para me preocupar. Agora eu rezo para que eu esteja errado, e que só permaneça o incômodo.

É só uma mancha vermelha. Só uma mancha roxa. São apenas pelos púbicos.

Se eu soubesse mais da rotina de Alvinho, teria mais condições de avaliar. Mas o que há para saber sobre a rotina dele, afinal? É apenas uma criança pequena. Brinca em casa, vai para a escolinha, é parabenizado por aprender a fazer as coisas mais básicas que tomamos como naturais: falar, caminhar, limpar a própria bunda. Nos fins de semana, quem sabe, vai para a casa de amiguinhos, come mais açúcar do que o recomendado, de repente sai para caçar com o "vovô" Grüne. O quanto deixei de saber sobre meu filho que também é ignorado por minha esposa? O quanto deixamos a cargo de profissionais, professores, Dona Violeta...

É uma senhora de confiança, acho. Está aqui antes mesmo de nós. Trabalhou para o meu pai. Não, a irmã dela trabalhou para meu pai, acho que foi isso. Hesitamos em contratar uma empregada, com todas as nossas inclinações ideológicas europeias — somos capazes de cuidar de nosso próprio jardim, de limpar nosso próprio vaso, mas logo ficou claro que não. Dona Violeta começou a vir três vezes por semana. Então, com a gravidez de Bianca, estávamos certos de que poderíamos contar com ela também para ajudar com o bebê. Não queríamos deixar a criação de nosso filho nas mãos de uma babá, não queríamos que fosse um *trabalho* para uma *profissional*. E Dona Violeta já era praticamente da família...

Ela é praticamente da família, claro. E quanto à família dela... o que sei, o que sabemos? É casada, tem filhos? Pelo que me lembro, ela era a irmã solteirona da antiga empregada de meu pai, ou essa é a visão que criei para ela. Uma velha solteirona que aceitaria cuidar da minha família como se fosse a dela, porque não tinha nada melhor a fazer. Ainda que seja a fantasia ideal em que quis acreditar, não deixa de ser um pouco triste, para não dizer doentio. Poderíamos encontrar uma série de complexos, síndromes e frustrações se fôssemos examinar a fundo a história *dela* com atenção, ou a história de uma pessoa assim, de maneira geral. Só não sei o quanto disso poderia recair sobre meu filho...

No momento, há questões mais imediatas a resolver. Coelho e raposa permanecem na bancada sorrindo para mim; não quero que minha cachorra se junte a eles. Vou buscar mais cobertores, para ao menos mantê-la aquecida. Sigo para os fundos, saio para o jardim, vejo a camada grossa de neve que já se acumulou. Deus, amanhã a cidade estará um caos, não estamos acostumados com neve de verdade. Tive sorte de chegar com as estradas ainda limpas ou de não precisar sair tão cedo. Embora esteja certo de que amanhã minha mulher precisará ir ao centrinho, levar Alvinho à escola, levar Alvinho ao médico, comprar pão, frutas, leite... Bem, vou precisar levar a cachorra ao veterinário o quanto antes.

Busco cobertores velhos para ela em meu ateliê nos fundos do jardim. É só um barracão de madeira, que meu avô construiu décadas atrás, para poupar minha avó do cheiro de tinta. Depois, meu pai o equipou e passou a usar como marcenaria. Queria eu usá-lo novamente para "fazer arte", essa era a ideia, mas tenho uma carreira a administrar e telas a empilhar; o ateliê serve basicamente para isso. Ao entrar, vejo *Clara* encostada num canto. Minha mulher nunca gostou dessa tela. Se ao menos fosse pelos motivos certos... Dizia que era "pesada", e por isso eu a preguei no lavabo. "Por que tu alegra paredes no mundo todo e no teu próprio lar mantém essa energia tão pesada, Bruno?" Eu argumentaria o contrário. Ressinto que até em minha casa minha arte tenha de manter essa função decorativa, ornamental. Me pergunto se minha mulher alguma vez já admirou minha arte. Me pergunto que arte é de fato minha. Não posso ser tão rígido com Bianca em relação a *Clara*, a pintura retrata nossa filha morta, afinal, ainda que minha mulher não saiba. São pinceladas abstratas que só comunicam o que deveria ter sido... ou o que não chegou a ser. Ela deve perceber isso, de todo modo. Bianca sempre foi uma mulher sensível, se isso não é um pleonasmo.

Encostadas num canto do ateliê, ao lado de materiais, tintas, cobertores, estão as telas que não cabem mais em minhas paredes, telas que não combinam mais com minhas paredes, telas de amigos, colegas, Alex Flemming, Alexandre Matos, Ramirez Amaya, Freddy Keller, Guilherme de Faria, e as telas do meu avô. As telas dele são tão clássicas que poderiam ser de um ancestral. *O suicídio de Ofélia, A alma de Calibã, O trágico despertar de Imogen.* Nunca encontrei paredes para elas. Por muito tempo elas me assombravam como um ideal de arte que eu nunca poderia alcançar. Depois passaram a me incomodar pela familiaridade, minhas próprias obras fazendo parte daquela família, como se eu apenas administrasse uma herança e não tivesse nada de meu para retratar. Hoje me incomodam por serem distantes do que faço. Não posso mais comparar minha obra à de meu avô. Não sou mais comparado a ele. Ninguém mais sabe de onde vim. Fui mais longe, mas estamos na mesma casa. Essa arte hoje me parece ingênua, purista, idealista... Enquanto eu ganho a vida com esperteza, pastiche, ironia...

Da minha geração, quem chegou tão longe quanto eu? Modesto Cândido, talvez, chegou perto. Cândido conquistou sucesso antes de mim, Cândido conquistou respeito. E quando superei todas as perspectivas para alguém no campo das artes plásticas, no Brasil, ele permaneceu num terreno mais modesto e digno. Sucesso de crítica, ainda com certo apelo comercial. Algo que nunca terei. Nunca serei respeitado pelo que tenho a vender.

Lado a lado nós olhamos com cinismo as pinceladas grosseiras de jovens pintores *orgânicos*, esses de chinelo de dedo, barba por fazer, fãs de Caetano, projetos de Vik Muniz, o esperado. "Ninguém mais precisa pintar para ser artista; então, Deus do céu, por que esses ainda se esforçam?" Meus comentários para ele me blindam numa cumplicidade que, sei, é apenas incidental. O que Cândido deve comentar sobre minhas telas quando está ao lado de outro cúmplice de ocasião?

Acompanhando a vernissage de um jovem pintor que divide conosco o agenciamento de Scarlett, Modesto comenta comigo:

"Soube que ele foi um grande desenhista na adolescência, e ficou com a mão inutilizada num incêndio".

"Bem... é uma história. Então se esforça para recuperar os traços com a mão esquerda..."

"Isso. Ou a direita. Seria mais dramático se ele fosse canhoto, inutilizasse a mão esquerda e tivesse de se esforçar para ser destro."

"Seria mais comum", apontei. "Teria mais técnicas a que recorrer. Até pouco tempo todos os canhotos eram forçados..."

"Verdade. Mas ouvi que a história não é tão heroica assim. Que na verdade ele feriu a mão num alarme de incêndio, ao quebrar o vidro."

"Ainda tem seu heroísmo..."

"E que foi um alarme falso. Uma travessura. Quebrou o vidro do alarme para assustar todos na escola de artes. Acabou cortando tendões e ficou com a mão inutilizada."

"E com o pânico gerado, um de seus colegas, um artista de verdade, morreu pulando da janela", completei a história.

Deixo a arte de lado. Pego os cobertores e volto para a entrada. Quem sabe eu devesse deixar a Preta dentro da casa, só hoje; está frio demais, e ela está perdendo sangue. Ela não está acostumada a dormir na sala, mas eu poderia, quem sabe, deixá-la presa na cozinha. Ou mesmo no meu ateliê. Não, no meu ateliê não, ela iria destruir telas de algumas centenas... de milhares... de dólares. Será que se eu abrir a porta dos fundos ela me acompanha? Estava rosnando agora há pouco para mim. Pode ser algo grave, como raiva. Raiva provoca sangramento? Talvez não seja seguro levá-la para dentro. Vou até a casinha olhá-la e decidir o que faço.

"Preta. Pretinha..."

Ela está quieta, dormindo, de olhos fechados. Ela está quieta demais. "Preta..." Encosto a mão. Está fria. Está frio aqui fora. Preciso esquentá-la. Preciso mesmo levá-la para dentro. "Pretinha..." Ela está dura, rígida... Minha pastora está dura, rígida, quieta e fria.

Merda. Minha cachorra morreu.

Não posso conter uma lágrima e lamento ter voltado para casa. Não, deveria ter voltado antes. Quero ir embora novamente. Quero embarcar numa nova turnê e deixar toda essa realidade doméstica para trás. Não tenho capacidade de administrar. Não me encaixo mais aqui. Não sinto mais prazer nessa vida e preciso entender por que ainda estou insistindo. Eu sou um artista! Limpo as lágrimas.

Estou apenas cansado. Tenho saudades da minha mulher, do meu filho, da minha cachorra. Tenho saudades de como era antes. É só que não voltei para a mesma casa. É só que cheguei tarde demais, cansado, de madrugada, minha cachorra não me recebeu; quando acertar os ponteiros tudo fará sentido novamente.

Uma casa com quintal. Preta foi o acessório indispensável para que fizesse sentido. Ao nos mudar para cá precisávamos de um cachorro para vigiar a casa, precisávamos de um cachorro para fazer companhia para Bianca quando eu viajasse. Ao nos mudarmos para cá, tínhamos a oportunidade. Fomos atrás de uma raça que protegesse e intimidasse, que fizesse companhia: dobermann, dálmata, rottweiller? Uma tia avisou da ninhada de pastorzinhos. Belgas, todos pretos, todos fofos. Fui buscar sozinho e tentei estabelecer contato visual com algum deles, tentei estabelecer um laço. Um pequeno logo puxava a barra da minha calça, e tia Rosa dizia que eu já havia sido escolhido. Olhei desconfiado entre as pernas dele, aquele broto que se pronunciava: macho. "Acho que prefiro uma fêmea, na verdade. Dizem que se afeiçoam mais aos donos."

"Fêmea só sobrou essa", me disse tia Rosa levantando uma cadelinha tímida e de certa forma mais desgrenhada do que os outros. Foi passada ao meu colo tremendo, olhando para os lados, eu torcendo para que ela desse algum sinal de que queria ser minha. Não deu. Decidi levá-la assim mesmo.

Aqui no quintal da frente ela permaneceu tímida nos primeiros dias. Apresentei-a a Bianca, que a olhou com desconfiança. Será que daria um bom cão de guarda? "Claro que sim. Ela só é muito pequena, estava acostumada com a mãe, os irmãos..." Bianca sorriu para mim e me perguntou se já tinha nome. Eu balancei a cabeça sabendo o que se passava em nossa mente. A cachorra substituta. Nossa filha possível. Pastora-belga, de pelo todo escuro. Bianca se agachou e verbalizou o batismo que eu não teria ousado realizar. "Preta... Ei, Pretinha... Vem cá, guria."

Bem... Bufo. O ar sai como fumaça na noite fria. Preciso decidir o que fazer com a cachorra. Abaixo-me até ela novamente. Toco seu pescoço. Morta. Mesmo. Nessa hora da madrugada não há muito o que fazer. Amanhã eu a levo para um veterinário, para ser cremada. Eu a levo antes que minha mulher tenha a ideia de empalhá-la, não seria nada engraçado. Nesse frio ela não deve apodrecer tão rápido. Nesse frio ela não vai feder... Merda, esse frio todo, nevando aqui fora e deixo minha pastora dormindo ao relento. O que eu tenho na cabeça? Se ela não estivesse ferida certamente morreria congelada... A culpa não foi minha. Cheguei em casa e já estava esse frio. Sabe-se lá há quantas noites congelantes minha esposa deixou a Pretinha aqui fora. Isso pode explicar uma morte, pode explicar o sangramento? Estou longe de ser especialista em cães ou mesmo de conhecer a fundo os sintomas de hipotermia. De repente o sangramento é um sinal-padrão. O frio compromete órgãos internos, levando à hemorragia... Não, é uma pastora-belga, belga. Na Bélgica todos os invernos são de verdade. Ela deveria estar preparada. Ou ela "sentiria mais frio no Brasil do que na Europa"? De nada adianta agora ponderar. Não é culpa de ninguém. A vida é assim. A morte. E a Preta não vai voltar.

"Descanse em paz, pobrezinha..." Cubro-a com os cobertores que havia trazido para aquecê-la. Preciso voltar para dentro da casa para eu mesmo não congelar. Levanto os olhos. A janela do quarto do meu filho. As luzes estão apagadas, mas as cortinas estão abertas, posso ver que Vinho está de pé, me espiando do segundo andar.

"Vinho, para a cama! Para a cama, já!", sussurro com veemência, fazendo sinal com os braços. Pergunto-me o que ele pode ver. Lá de cima não tem como enxergar o interior da casinha. Pode acreditar que a Preta está apenas dormindo, e eu vim para aquecê-la. Preta está apenas dormindo e eu vim para aquecê-la. É isso. Deixo o corpo da pastora congelando e volto para dentro da casa.

"Scarlett." Da cozinha, falo novamente com ela.

"Bruno... Não consegue dormir?"

"É meu filho... E minha cachorra... Minha cachorra morreu."

"Sério? Ah, meus pêsames. Sei como é, os animaizinhos são como parte da nossa família. Estava muito velha?"

"Doze anos. Mas ela estava com algum tipo de hemorragia."

"Sinto muito, Bruno."

Suspiro e penso no que dizer para justificar mais uma ligação. "Meu filho já tem pelos púbicos."

"Oi?"

"Deixa pra lá... Olha, quando você acha que é bom eu ir para Copenhague?"

"Sua exposição começa a ser montada na primeira semana de outubro, então não tem por que ir muito antes disso. Já estou com sua passagem reservada para dia três."

"Ah, bom... É que queria dar uma passada em Aarhus antes..." Escuto uma porta batendo no andar de cima.

"Se quiser, posso antecipar para final de setembro. Mas, Bruno, tente relaxar um pouco por aí. Pintar, ficar com sua família, não era isso que você estava buscando há tanto tempo?"

"Sim, é só que a inércia..." Escuto novamente uma batida de porta lá em cima. "Deus, o que meu filho está aprontando agora?"

"Está demonstrando que sente sua falta. Dê atenção a ele."

"É. Você está certa. Vou fazer isso."

"Boa noite, Bruno... Dia? Bom dia?"

"Acho que podemos chamar de dia. Já são quase duas da manhã", olho para o relógio do micro-ondas. "Bom dia."

Desligo o celular e me preparo para subir as escadas. Respiro fundo. O que será que Vinho vai querer agora? Levarei um guaraná, um frasco de vinagre, uma dose de Jack Daniels. "Beba, isso vai colocar pelos em teu peito", eu direi. Na velocidade em que ele está crescendo, eu não duvidaria. E o faria dormir, enfim. Subo as escadas pé ante pé para surpreendê-lo no que for que estiver fazendo, para não perturbar mais a minha esposa. Ao avistar nosso quarto, reparo que é isso. Nossa porta está aberta, cama vazia. Porta do banheiro fechada. Foi minha esposa quem levantou para ir ao banheiro.

Entro em nosso quarto e sinto o frio. Janela escancarada. Hoje minha mulher teve a ideia de dormir de janela aberta, numa nevasca. Pode ser uma mensagem subliminar, nada sutil, de que não posso mais contar com o aconchego de nossa cama. Ou pelo contrário, minha mulher acorda de madrugada com o quarto abafado, percebe que estou em casa e abre a janela para arejar. "Bruno sempre gostou de dormir no gelo", lembra-se ela de nossas discussões sobre o ar condicionado. "Vou esfriar um pouco o quarto para ele." Não é para tanto, Bianca. Deve chegar aos sete graus negativos, disse o rádio. Entro, passo pela cama desarrumada e começo a ter uma vaga ideia de sono. Coberto por edredons, com minha esposa ao lado, vou conseguir me aquecer, esquecer, aconchegar e dormir. Não deixo de fechar a janela, de todo modo. Desço o vidro e observo lá fora...

Há um homem lá fora.

Na frente do meu portão, diante da casa, uma figura vestida de negro me observa. Parado sobre a neve, sob a nevasca, um capuz cobrindo a cabeça...

Procuro me manter informado na mesma medida em que procuro me manter alheio ao que acontece nessa cidadezinha. Uma coisa exclui a outra. Não é possível acompanhar a política nacional, o mercado internacional de arte, as divergências entre fronteiras e as fofocas dos vizinhos. Nem sempre eu não consigo. São as contradições de querer usufruir disso: cidadezinha, refúgio, uma vida mais simples. Isso me obriga a visitar o correio quando estou aqui, pasmo, ainda sou dependente disso. Não tenho uma equipe de funcionários, e a bateria de contratos que me obrigam a assinar de próprio punho, reconhecer firma, selar envelope e lamber selo me leva de tempos em tempos à agência do centrinho de Trevo do Sul.

Lá fico sabendo de tudo que acontece.

Inverno passado um velho barbeiro da cidade foi assassinado num assalto. Então descobriram que o assaltante era o caseiro do barbeiro. Então descobriram que não foi um assalto, foi um desentendimento. Então disseram que na verdade foi um crime passional, os dois tinham um caso. Então disseram que foi homofobia, que o caseiro matou o barbeiro após uma investida. Daí voltaram para o assalto, que o caseiro matou o barbeiro pelo dinheiro e se criou toda essa história de caso, assédio, pacto abortado de suicídio. Ouvi uma versão de uma velha viúva, que sempre considerei velha e que agora penso que pode ter a minha idade, outra de um caseiro da rua de trás. Não sei por que acharam que me interessava. Não sei por que ainda me lembro dos detalhes. Penso em que histórias contarão no correio do centrinho quando souberem da minha morte nessa madrugada nevada. Penso do que acusarão minha legítima defesa.

Apresso-me para fora do quarto, descendo as escadas, em direção à porta. Não, é assim que se morre na véspera. Há um homem de negro parado na frente da minha casa em plena madrugada, e eu deveria ligar para a polícia. Bem, é apenas um homem de negro parado na frente da minha casa. Um homem parado na frente da minha casa isolada, em plena madrugada. Não há como ser boa coisa. Pode ser um louco solitário. Pode não estar sozinho. Saio para os fundos, o quintal, meu ateliê, busco a velha espingarda. Está aí desde o tempo do meu pai, desde os tempos do meu avô. Há décadas não é usada. Lembro de tê-la visto funcionando, talvez quando criança. Não quero disparar. É só um acessório que me traz segurança, intimida o invasor. Volto pela neve para dentro da casa, cruzo a porta da frente.

Quando me aproximo do portão, o estranho ainda está lá, há de fato um estranho me observando. Eu esperava que ele já tivesse desaparecido como um fantasma, feriado de mim mesmo, que nunca houvesse estado lá. "O que está fazendo na frente da minha casa?" Faço a pergunta que me parece bem razoável.

"Sua casa?", ele devolve.

"Sim, minha casa", respondo apontando a arma levemente à frente. Minha casa e estou disposto a defendê-la.

69

"Desculpe...", o homem parece genuinamente confuso. Puxa o capuz e posso ver uma longa cabeleira escura, um rosto delicado. É um rapaz jovem. Diria até *bem-apessoado*, pelo menos para um marginal. "O senhor é marido da...?"

"Da Bianca. Sou eu. O dono da casa."

O homem solta um suspiro e abre um sorriso aparentemente constrangido. "Desculpe mesmo, vi as luzes acesas, o senhor entrando e saindo. Achei que pudesse ser algum bandido. Nunca tinha visto o senhor por aqui."

"Mas você é o...?", pergunto irritado.

"Desculpe, desculpe", ele diz outra vez, tira as mãos nuas do bolso de seu longo sobretudo e estende uma delas para mim. "Sou o neto do sr. Grüne, o vizinho. Estou passando uns dias com ele."

Sustento o olhar por mais alguns segundos, desconfiado. Então seguro a espingarda apenas com a esquerda e cumprimento sua mão branca, fria, alongada. "Também nunca tinha visto você por aqui", digo, embora algo nele me pareça familiar.

"Ah, não venho muito. Aproveitei agora o inverno para me isolar, visitar o vô que há muito eu não via e que não anda bem de saúde. Sua esposa e seu filho foram muito simpáticos comigo."

"Folgo em saber. E obrigado por se preocupar com eles. Mas está tudo bem. Pode deixar que eu cuido daqui agora", aponto a casa com a espingarda.

"Melhor assim. Ainda mais sem a pobre cadelinha para guardar a casa...", ele aponta com a cabeça em direção à Preta.

"A cadelinha...?"

"Bem, com a cadela morta, né? Sinto muito."

Comprimo o olhar para ele e aperto mais firme a espingarda. "Como sabe da morte da cachorra?"

O homem torce a cabeça e faz um beicinho, o que o faz parecer mais menino, e me pergunto se ele não é pouco mais que um adolescente. "Vi o senhor entrando e saindo, e ela parada ali. Chamei por ela. Já passeamos juntos, com Alvinho..."

"Muito bem", assinto.

"Achei que o senhor podia ter feito algum mal a ela, perdão, isto é, se o senhor fosse o bandido."

"Eu sou o mocinho. Bem, não tão moço assim..."

Ele sorri. "Entendo. O que aconteceu com ela?"

"Com ela?"

"Com ela-ela-ela", ele coloca a mão ao lado da boca fazendo como eco. Sorri. "Com a cadela. O que aconteceu, do que ela morreu?"

Eu me esforço para abrir um sorriso que pareça forçado, que pareça falso. "Não sei, eu acabei de chegar, você sabe..."

"Sei..."

"Você sabe?"

"Como?"

"Minha cachorra, do que ela morreu."

"Ah, não... Da última vez que a vi parecia tão bem... Pobrezinha..."

O silêncio entre nós não anuncia nada, e penso em como completar a próxima frase.

"Então, está tarde, hora de irmos dormir, não é? Boa noite." Viro-me e sigo em direção à porta.

"O senhor vai deixá-la aí?", o rapaz pergunta.

Eu me volto para ele. "Como?"

"A cadela, vai deixá-la ao relento?"

Eu meneio a cabeça, como se fosse óbvio. "Ela está morta."

"Sim, mas..."

"São duas da madrugada. O que posso fazer?"

Ele torce a boca. "Enterrar?"

Franzo a testa avaliando se ele está brincando. "Enterrar? A essa hora? No meio da neve?"

Ele abre as mãos. "Melhor antes que a neve fique alta demais, né? Depois vai ser mais difícil..."

"Não. Não sei se é uma boa ideia enterrá-la aqui. Talvez seja mais sensato levar o corpo para um veterinário cremar."

"Mas isso o senhor só vai poder fazer depois das nove da manhã... Isso se a estrada estiver transitável..."

"Rapaz", já começo a ficar irritado, "agradeço a sua preocupação, mas pode deixar que eu cuido do corpo da minha cachorra", faço menção de voltar para dentro de casa.

"Claro, não quero ser intrometido. É que..." Eu me detenho no meio do passo, de costas para ele. "Imagina se o Alvinho acorda antes do senhor e encontra a cadela morta?"

Olho para ele intrigado. Aqui ele tem um ponto.

"E imagine, com todos os animais que tem no bosque aqui na frente, se ele encontra a cadela sem os olhos, ou já no osso. É o suficiente para deixar um moleque traumatizado."

Puta merda, que ser macabro é esse rondando a minha casa, espiando a minha cachorra, imaginando animais saindo da floresta para comer seu cadáver? Não que ele não tenha alguma razão... "Está frio demais. Não acredito que nenhum animal venha nessas poucas horas, com esse tempo."

"Ah, daí é que o senhor se engana... Nesse tempo é que os animais ficam mais ouriçados. A comida fica mais escassa. Então eles aproveitam o que conseguem encontrar..."

Suspiro. "Tudo bem. Então você recomenda que eu enterre agora?"

Ele assente, encolhendo os lábios e levantando as sobrancelhas. "Seria melhor. Aqui no bosque da frente a neve ainda não atravessou a copa das árvores. É só abrir uma pequena vala no solo. Posso ajudar o senhor... Seria o mínimo, por sua família ter sido tão hospitaleira comigo."

Olho para aquele rapaz andrógino que se oferece para

entrar comigo no meio da mata, em plena madrugada de neve, e cavar um túmulo para a cachorra. Não é boa ideia, ainda que haja um bom argumento. Não posso deixar a cachorra morta ao relento, à beira de um bosque. Suspiro. "Tudo bem, só vou lá nos fundos buscar umas pás."

Minha mulher nunca foi ciumenta. Mesmo. Somos dos anos 80. Bem, somos dos anos 60. Fomos morar juntos nos 80. Isso não quer dizer nada. A diferença é que éramos, somos, éramos amigos. Cometemos essa insensatez. Colegas de faculdade. Comunicação e arte. Ela amando a arte, considerando-se capaz apenas de se comunicar. Eu acreditando que podia ir além... sem paixão. Acho que minha crença foi o que a fez se apaixonar... ou *não* se apaixonar. Apenas ter uma crença em mim.

Éramos jovens. Realmente amigos. Com uma sintonia intelectual. Não foi uma paixão *avassaladora*. Não foi o resultado de uma grande conquista. Foi simplesmente... natural. Namorei a amiga dela, ela namorou um colega meu. Conversávamos sobre nossos namorados. Tínhamos muito em comum. Tudo para não dar certo. Claro que transamos; foi bom. Não o melhor sexo do mundo. Ou pelo menos não o que as pessoas anunciariam como o melhor sexo. Foi bom. Não me lembro bem em que momento achei que tinha alguma chance, mas lembro de logo me *resignar* que o sexo podia ser isso. E que quando fosse outra coisa, eu ainda assim poderia tê-la.

O que entendi desde cedo foi que Bianca era um projeto de vida. Era a mulher de quem eu gostava como mulher, como amiga. Eu a admirava e admiro; era a mulher que poderia ser a mãe de meus filhos. Acho que é assim. A mulher com quem construímos família é a que nos dá o conforto de uma mãe, não o desafio de uma paixão.

Aos vinte e um já estávamos casados. Bem, morando juntos, em Joinville. Quando segui para São Paulo ela foi comigo. E a vida aconteceu ao nosso redor. Nunca me incomodei com isso. Se não era uma "paixão avassaladora", pelo menos queríamos estar juntos. E estávamos. Cada um seguia um projeto de vida. Mais tarde veio o projeto de filho.

Sem falsa modéstia, nunca fui o protótipo de um cara *bonito*, meus traços e volumes não me enquadravam na categoria de *feio, exótico, esquisito*. Tinha — tenho — o essencial: gosto de mulher. Só que talvez meu traço mais oculto tenha sido uma *preguiça*... e uma acomodação, que tenha me feito aceitar isso. Isso não é amor. Eu realmente tive, tinha, tenho fé em Bianca e em mim. Será que algo deu tão errado assim?

Sou um artista. Não posso deixar de ser cínico. Minha mulher ama a arte mais do que eu, porque não vive disso, ama a arte mais do que a mim, é provável. Sei que me ama, duvido que ame o que faço. Talvez eu a ame exatamente por isso. Ela consegue manter a visão apaixonada que eu ainda deveria ter. Entendo como as coisas funcionam. Ou entendo como as coisas funcionaram para mim. Sei o que tenho de fazer para as coisas funcionarem. Não me orgulho disso. Também não poderia fazer diferente. Não sou mais capaz de fazer uma arte que não seja cínica. Estou velho para ser puro.

Bianca é uma intelectual e eu sou um artista. Foi uma atração inevitável e mantém-se com um delicado equilíbrio. Sinto-me sempre julgado por ela. Tive de aprender a não me importar. Tive de deixar de lado a busca pela admiração profissional de minha esposa e contentar-me em ser o melhor marido possível, e pai. Não é uma arte. É um exercício de paciência e diplomacia. Ser pai é das coisas que exige menos criatividade, seguir o manual à risca, embora qual seja o manual, qual é seu conteúdo esteja sujeito a tantas dúvidas...

O que esse cara quer aqui a essa hora da madrugada? Tu não vai lá fora com ele, Bruno, ele é estranho. Tem rondado a casa, de olho em mim e no Alvinho. Não sei as verdadeiras intenções dele. É assim que se arma um sequestro. Eu falei que tanta exposição não iria dar em boa coisa. Todo mundo sabe o quanto tu tá faturando. Volto para dentro de casa esperando dar com Bianca e seu discurso atrás da porta. Ela não está lá. A sala permanece em silêncio, como o resto da casa, e vou ao jardim, ao ateliê, deixo a arma e pego as ferramentas para poder enterrar a pastora.

Saio com duas pás e reencontro o estranho no portão, com as mãos no bolso. "Desculpe, nem te convidei para entrar, é que está todo mundo dormindo a essa hora", digo abrindo o portão e o deixando entrar no quintal.

"Não se preocupe", diz ele me acompanhando até a casinha da cachorra. Ela não pode ser vista, envolta em cobertores, mas ambos paramos ao dar com o monte. "Seria bom colocá-la dentro de uns sacos de lixo", ele diz. "Para não liberar fluidos tão rápido no solo e atrair predadores que podem escavar o túmulo."

Eu torço a boca olhando para ele. "Acha mesmo? Vem cá, você já fez isso antes?"

"Muitas vezes..."

"Você é...", hesito.

"Matador de aluguel?", ele abre um sorriso sedutor. "Não, não senhor."

"Eu estava pensando em dizer *coveiro*." Na verdade pensava em qualquer coisa que envolvesse ciências biológicas, embora não conseguisse visualizá-lo como médico, enfermeiro, veterinário, legista...

Ele ri. "Está esquentando. Sou escritor. É que eu pesquiso esse tipo de coisa."

"Hum, achei mesmo que já te conhecia de algum lugar", respondo por generosidade. Ele me parece familiar, mas duvido que seja pelo fato de escrever.

"O senhor também não me parece estranho..."

"Desculpe: Bruno, Bruno Schwarz", estendo a mão. "Talvez tenha me visto em alguma entrevista. Sou artista plástico."

"Como se artistas plásticos fossem reconhecidos, senhor Schwarz", ele diz com sarcasmo, então ri novamente.

Eu o encaro por um instante, então decido me juntar à risada. "Bem, vou buscar os sacos plásticos."

"Faça isso, artista. Plástico."

Dentro de casa, busco sacos grandes de lixo e fita adesiva na despensa, lembro que é bom levar luvas. Já estive vezes demais em temperaturas abaixo de zero para saber que as mãos são sempre as primeiras a sentir. Felizmente encontro os dois pares de jardinagem. Não quero que Bianca se incomode comigo revirando gavetas — *O que está fazendo Bruno?* — e eu tenha de explicar que vou para o meio do mato, em plena madrugada de neve, enterrar o corpo da nossa pastora. A discussão que se desdobrará pode até ser sussurrada, mas Alvinho vai ouvir nossos sussurros, vai se levantar da cama e vai se juntar a nós, curioso para saber o que está acontecendo. Então vai saber sobre a cachorra e vai cair no choro, perdendo de vez a chance de um sono tranquilo. E eu também.

"Aqui, vamos precisar disso para trabalhar aqui fora...", digo mostrando as luvas ao vizinho quando retorno ao quintal. Deparo-me com o corpo da cachorra esparramado no chão frio. Os olhos abertos de quem descobre o grande vazio da morte, o grande vazio da vida. Ele já a tirou da casinha. Atrás dela há um rastro escuro de sangue, que sai das patas traseiras e vai até dentro da casinha.

"Hemorragia", o vizinho diz. *Voilà*, não precisa ser um grande profissional de saúde para diagnosticar. Percebo que ele deve ter dito o nome e já esqueci, sempre fui uma negação nesse tipo de memória, o que me põe com frequência em saias justas. De todo modo, se há alguém inconveniente aqui é ele, expondo o corpo da Preta.

"Tem ideia do que pode ter sido?"

Ele balança a cabeça, calçando as luvas. "Não sou veterinário. Sou melhor em enterrar do que em diagnosticar."

Abaixamo-nos e começamos a embalar a Preta no saco plástico. Um para a cabeça e as patas dianteiras, um para a traseira, ela é grande demais para ser jogada no lixo. Tento respirar superficialmente para não farejar algum traço de morte; não quero inspirar minha cachorra apodrecendo. O frio, ainda bem, vai retardar o processo. Como a vida é frágil; não posso dizer que minha cachorra não morreu por causas naturais. Qual seria uma causa artificial? A morte é natural. Manter um corpo trabalhando, operando, funcionando parece ser o milagre que creditam a uma força superior. Deus se esqueceu da minha cachorra. Vejo-a ainda filhote naquele quintal, um traço ínfimo de uma nova vida após a morte do meu pai. A pastora como uma segurança para uma casa isolada, uma substituta para uma filha que não conseguimos ter, que acabou se revelando uma espera, enquanto nosso derradeiro filho não vinha. De tudo o que passou por nossas vidas, Preta foi o que menos se modificou, ainda que tenha crescido e envelhecido. Preta permaneceu fiel aos nossos sonhos. O problema é que um sonho só faz sentido como aspiração. Realizado, deixa de ser.

Uma vez embalada, erguemos a cachorra do chão e seguimos para fora. Dou uma rápida olhada por sobre o ombro e vejo as janelas do segundo andar apagadas, ninguém parece nos espiar lá de cima. "O que você estava fazendo acordado, afinal?", pergunto ao vizinho.

"Gosto de entrar pela madrugada trabalhando", diz ele enquanto atravessamos a rua em direção ao bosque em frente. Se algum carro passasse agora e nos visse carregando o corpo, poderíamos ter problemas. Se eu tiver problemas com esse estranho, não posso contar com nenhum carro passando. Tarde demais. "É mais tranquilo, silencioso. Gosto do clima", ele completa.

Deixamos o corpo na entrada do bosque de araucárias. Corro de volta para casa para buscar as pás. Entrego uma para ele. "Obrigado mesmo por me ajudar."

"Que é isso", responde o escritor. "É o mínimo. Se o senhor tivesse um vizinho coreano com certeza ele daria um fim melhor para a cachorra."

Ele ri e eu decido que definitivamente há algo errado com o humor desse rapaz.

"Tudo bem, vamos cavar um pouquinho mais pra dentro? Não quero dar com o túmulo da cachorra toda vez que sair de casa", digo. Nós nos encaminhamos mais para dentro do bosque, que está apenas salpicado pela neve. Ele está certo. Provavelmente daqui a algumas horas a neve e o solo congelado dificultariam muito a escavação. Começamos a tirar as folhas mortas da superfície, pinhas, as primeiras camadas de terra. "E pensar que ontem a essa hora eu estava dormindo na classe premium de um voo internacional..."

"Uau, o senhor é mesmo *posh*, hein, sr. Schwarz."

"Nah, é só um pequeno luxo a que me permito depois de tantos anos de carreira", digo já me arrependendo de ter *ostentado*. Bianca sempre chama minha atenção por isso, diz que não é seguro para minha vida pessoal nem benéfico para minha carreira. Que artistas bem remunerados não são bem vistos. As artes plásticas se alimentam da decadência. Contesto; é como dizer que "o artista bem-sucedido não faz sucesso". O que as pessoas mais precisam hoje é de uma visão mais nobre da arte, do artista, que é possível ganhar dinheiro com isso. Porém, faço uma manobra de correção na conversa com o vizinho. "Com a sua idade eu camelava para pagar as contas. Vendia quadro na feirinha de domingo para poder trocar o botijão de gás... Quantos anos você tem, afinal?"

"Preciso admitir que isso não é nada mal em matéria de diversão", diz ele sem responder à minha pergunta. "Imagine só, cavar um túmulo no meio do mato, em plena madrugada, na neve. Não é uma experiência que se tem todo dia..."

"Tenho certeza de que é melhor em livro do que no mundo real."

"Hahaha. Pode ser. Se eu permanecer vivo para escrever... Conhece alguma lenda local de terror, assombração?"

Franzo a testa, pensando enquanto escavo. "Não, acho que só as histórias genéricas já conhecidas, lobisomem, bruxas, chupa-cabra, mula sem cabeça. Você sabe, Franklin Cascaes. Nada muito específico dessa região."

"Não conhece a história do Trevoso?"

"O que é isso, é tipo tinhoso, capiroto?"

Ele ri. "Tipo. Neto do capiroto. É um espírito selvagem. Que sai da floresta na noite mais fria do ano para buscar abrigo e aprontar travessuras..."

"Tipo um saci?"

"Não, sr. Schwarz! Saci é negrinho; estamos em Santa Catarina, por favor!"

Ele se supera cada vez mais.

"Dizem que ele entra na primeira casa que encontra", continua, "mata o morador mais velho, ocupa o lugar do mais novo, perturba toda a ordem do lugar."

O.k., aquela história definitivamente não estava caindo bem no contexto. Se *ele* queria me perturbar com sua história de terror, conseguiu. "'Travessura' me parece um belo eufemismo para esse caso."

"Hahaha, verdade. Mas é assim na natureza, não é? Um gato brincando com um rato. Para ele é só travessura, para o rato é a morte."

"Bem, eu nasci aqui nesta cidade, minha família toda é desta cidade, e eu nunca tinha ouvido essa história de Travesso", concluo.

"É 'Trevoso', o nome é Trevoso."

"Bem, nunca tinha ouvido falar, de todo modo."

"Melhor para mim. Assim posso assumir a autoria", diz o jovem escritor me ajudando a cavar.

"Mas me parece um pouco a história que acabei de ler pro Alvinho. De uma raposa que se disfarça de coelho..."

"*O coelhinho lindo?*" Ele ri. "Eu que escrevi! É um dos meus livros infantis!"

"Sério? Você então escreve para crianças..."

"Escrevo para quem quiser ler. O que o senhor achou do livro?"

"Achei um pouco macabro, na verdade. Mas é bonito... meu filho adora."

"Bom saber. Dei de presente para ele. Alvinho é um menino muito sensível."

Com a palavra "sensível" me vem a imagem da mancha roxa na coxa do meu filho. Sinto um arrepio ao pensar no que causou a marca. Eu poderia acertar a cabeça desse homem com a pá e jogá-lo na cova que está ajudando a cavar, porém a cova ainda está muito rasa.

"Você tem filhos?", pergunto, embora para mim seja óbvio que não.

"Não. Eu gosto de crianças... Mas não acho que seria um bom pai. É preciso colocar os filhos em primeiro lugar, e eu não estou disposto a abrir mão da minha liberdade. Ainda há tanto que eu quero fazer..."

"Sei como é..." É o que eu digo, não o que acho. Poderia dizer a esse rapaz que não é bem assim, que filhos abrem novas possibilidades, e nada mais do que isso. Reflito sobre o quanto abri mão de minha vida por causa de Alvinho, o quanto ele abriu de novas possibilidades para mim; acho que o balanço é negativo. O estranho então interrompe minhas reflexões, levando a conversa para um terreno pantanoso:

"O Alvinho... é mesmo seu filho?"

Paro de cavar por um instante e o encaro. "Que pergunta é essa?!"

"Nah, desculpe!" Ele ri. "Não estou dizendo que o Trevoso ocupou o lugar dele, nem nada disso. Hahaha. É só que ele... ele não se parece nada com o senhor."

Continuo encarando-o. Ele está insinuando que meu filho não é meu.

"Achei que podia ser seu enteado, algo assim", ele diz como se não fosse nada de mais. "Digo, que o senhor tenha assumido como filho, que seja, como um filho verdadeiro. Um filho adotivo."

"Um filho adotivo é um filho verdadeiro", eu digo.

"Ah, sim, me referia a filho de sangue. Mas claro, claro, Alvinho é seu filho, mesmo que seja adotivo."

"Alvinho não é adotivo!"

"Não? Não é motivo para vergonha, se for..."

"Mas não é!", insisto.

"Se fosse, não seria motivo para vergonha, claro, seria muito louvável da sua parte, tanta criança precisando de uma família..."

"Rapaz, Alvinho é meu filho." Resolvo encerrar a discussão. Ele apenas assente com um sorriso constrangido. Isso nos permite continuar cavando em silêncio. Ele é mais eficiente que eu, claro, é mais jovem. E está em boa forma — até demais para um escritor ou para um *bom* escritor. Já ficou claro que é um autor de gosto duvidoso que escreve livros macabros para crianças ou livros tolos para adultos. Deve ser esse tipo de coisa que vende, de toda forma. Capaz de ele ser um autor *bem-sucedido*. Amanhã pesquisarei sobre o autor do livro do coelhinho.

Logo temos uma cova de tamanho razoável para um cachorro. Vamos pegar o corpo. Intimamente desejo que Preta se mexa nessa última chance, que ainda esteja viva, mas não. Carregamos o corpo duro e o levamos até a vala. Minha intenção era descê-lo com cuidado, mas o vizinho o arremessa de uma vez no buraco. "Pronto", ele diz. "Agora é só tapar e voltar para dentro, para nos aquecermos."

Vamos jogando as pás de terra, neve e pinhas para dentro do buraco. É bem mais rápido do que foi cavar. Só nessa hora penso que, talvez, minha mulher e meu filho devessem estar presentes. Talvez eles quisessem fazer parte do ritual, se despedir da Pretinha, concretizar a morte em suas mentes. Meu filho já está grande o bastante para não ter a morte apenas como uma ideia abstrata de desaparecimento, embora ele nunca tenha ligado muito para a Preta. Minha esposa, sim. Talvez ela se ressinta de eu não ter dado a ela oportunidade de se despedir. Isso se ela não ouviu nada, não viu nada, não me viu saindo de madrugada com o neto do vizinho. Vou precisar mesmo conversar com ela sobre a morte da cachorra, ou o que a matou. Pelo menos eu a vi rosnar para mim uma última vez... Deus! Que madrugada longa e pesada.

Cavar um túmulo na neve em plena madrugada: não, não é das piores experiências. Preciso dizer que o rapaz estava certo. As aventuras de madrugada que experimentei ao longo da vida sempre envolveram entorpecentes, mulheres, ambientes acarpetadamente urbanos. Bem, nem sempre tão acarpetados. Agora, estar no frio diante de minha própria casa, numa atividade quase ilícita com um desconhecido, não deixa de ter sua adrenalina... Mas não é o suficiente para me esquentar numa madrugada tão fria.

Minhas aventuras urbanas cessaram na hora certa, acho, na idade esperada. Já passando dos trinta, sem filhos, com uma criança morta na história, fica difícil farrear. Lembro de uma ressaca especialmente ruim, numa manhã de domingo. Talvez fosse uma manhã de segunda, não sei — como artista, não devia importar. Talvez tenha sido a última. Bianca saltando de pé ao meu lado com o choro de um bebê. Cutucando-me: "Bruno! Bruno!".

Acordei legitimamente grato por tê-la a meu lado; numa ressaca, acordar com a pessoa oficial a seu lado é sempre uma bênção. Então constatei que meus pesadelos ecoavam na vida real.

"Não é nada, Bianca, volte a dormir...", eu queria convencer a mim mesmo.

Ela voltou a se deitar numa rigidez que eu podia sentir pelas fibras do lençol, o peso do colchão. E ficamos ouvindo o choro do novo bebê do vizinho, recém-trazido da maternidade. Repercutiu por nosso apartamento por alguns meses, como se toma por natural que repercutam todos que moram em apartamentos de classe média baixa em São Paulo. Soava como uma assombração, depois como um gremlin, um pesadelo prestes a aprender nosso nome. Nos acostumamos. As pessoas continuam tendo filhos, mesmo quando o seu morre.

Revivo essa história jogando as últimas pás de terra. Cova coberta, olho para o túmulo:

"Acho que vou colocar uma cruz ou algo assim...", digo.

"Uma cruz? O senhor é religioso?", pergunta o vizinho.

Dou de ombros, como Alvinho. "Não exatamente, é só para marcar onde a cova está. Você sabe, se meu filho e minha mulher quiserem ver, visitar, trazer flores."

"Acho que o senhor não deveria. Se as autoridades virem uma cruz aqui na floresta, vão desenterrar. Podem considerar ocultação de cadáver. Daí o senhor perde o túmulo da sua cadelinha..."

"Hum, será?" Não sei se há "autoridades" vagando por aqui, mas não deixa de ser uma observação perspicaz. Curioso como esse rapaz entende disso.

"As flores nascerão, não será preciso trazê-las. A floresta cuida disso. O corpo da sua cadela servirá de adubo", ele pisca para mim.

"Tudo bem", eu olho ao redor. "Acho que vou conseguir localizar. Depois penso numa placa ou algo para marcar."

Saímos do bosque e cruzo de volta o portão. "Obrigado pela ajuda. Se não fosse tão tarde eu te convidaria para um café, um uísque."

"É. Para um café está bem tarde. Mas para um uísque nem tanto", diz o escritor com um sorriso cínico.

"Aceita? Bem... Estão todos dormindo na casa, talvez não seja boa ideia."

"Prometo não fazer barulho", diz ele já passando por mim, cruzando o portão e indo em direção à porta de casa. Suspiro. Não esperava que ele aceitasse. Nem sequer foi um convite de fato. Mas vamos lá, ele me ajudou a enterrar a cachorra...

"Bela casa, viu? Simples e de bom gosto, para um artista *posh* como o senhor", ele diz piscando para mim, mal acabando de entrar. Gosto cada vez menos dele. "Os móveis são sólidos, têm peso."

"São do meu pai. Digo, ele fazia. Era um marceneiro bem prestigiado aqui na cidade."

"Hum, então a arte está mesmo no sangue, sr. Schwarz?"

"Não sei. Meu avô era. Artista. Meu pai tinha uma visão mais utilitária..."

"Eu adoro aquela mesa", ele diz apontando para uma mesa robusta de ângulos retos, como meu pai.

"Já esteve aqui dentro antes?", pergunto.

Ele assente. "Tomei um... café, com sua esposa. Coisas de vizinho."

"Claro", digo seguindo para a cozinha, ele segue atrás de mim.

"*Brrrr!* Está frio aqui dentro. Meu vô sempre dizia que sentia mais frio no Brasil do que na Europa. Que lá as casas tinham sistema de aquecimento..."

Noto que ele disse tudo no passado, embora o avô ainda esteja vivo. De repente o avô não fala mais nisso. De repente não sente mais frio. Talvez tenha sido apenas um lapso: o vô *diz* que *sente* mais frio aqui do que *sentia* na Europa. Hoje em dia não se pode exigir precisão verbal nem de escritores.

"Sei como é. Ouvi isso no rádio vindo pra cá, inclusive", respondo. "Bem, abri uma garrafa de JD agora há pouco... Pode ser?"

"JD?"

"Jack Daniels. Single Barrel", explico. Ele abre um de seus sorrisos cínicos, assentindo, como se para confirmar o quão "*posh*" sou. Tenho vontade de dizer a ele que eu preferia mesmo uma cachacinha artesanal, e que Jack Daniels é bebida de caubói, mas me lembro de quanto custa a garrafa do Single Barrel e de como estaria fora do meu alcance, caso tivesse a idade dele.

Sirvo nossos copos avaliando qual é "a idade dele" afinal. À luz fria da cozinha ele não me parece tão novo assim. Penso que pode estar chegando à meia-idade, tentando se passar por mais jovem. Uma espécie de Gustave Courbet — tem sim certa androginia decadente, os cabelos compridos, já com mechas brancas nas têmporas, um nariz arrebitado, os olhos como ferro fundido...

"Gelo?"

"Não, obrigado. Tomo caubói", ele me diz com mais uma de suas piscadas.

Passo o copo a ele e tomo um gole do meu na cozinha mesmo. Não vou convidá-lo para a sala, sentar no sofá, senão ele nunca mais vai embora. Continuo observando-o de soslaio, tentando identificar o que me parece tão familiar e incômodo em sua figura. É então que noto a bancada da cozinha: a raposa e o coelho não tinham ficado aqui? Devo ter guardado no ateliê. "A raposa e o coelho do Alvinho...", faço menção de perguntar sobre a origem dos animais empalhados.

"Ah, é apenas um livro."

"Não, os animais empalhados, digo, seu avô..."

Ele fareja. "Hum... Cheiro de carne...", comenta me interrompendo.

"Ah, sim", vejo a carne que esquentei há pouco, ainda na frigideira. "Tentei preparar algo assim que cheguei. Mas acho que a carne não está lá muito boa. Não recomendo."

"Sua esposa não deixou nada preparado para o senhor?"

"Não... Cheguei muito tarde, de todo modo. Já devia ter comido."

"Claro", ele assente. "Então, o senhor viveu a vida toda aqui?"

"Mais ou menos... Não, a vida toda, não, nasci lá na cidade, no centrinho, morei em alguns lugares... Você é de onde?"

Ele dá de ombros e toma outro gole. "Nem sei mais. Um pouco de cada lugar. Para onde o vento sopra..."

"Acho que um escritor pode se permitir isso..."

"Um artista plástico pelo jeito também, não?"

Engulo o bourbon, meneando com a cabeça. "Na teoria, sim. Na prática, preciso de um lugar tranquilo para pintar, deixar as ideias virem, fluírem, decantarem."

"Não deve ser fácil para um homem de família, não é, sr. Schwarz? Trabalhar tranquilamente com filho querendo atenção, mulher pedindo para consertar o chuveiro..."

"Não é bem assim", não sei que estereótipo ele faz da minha vida. "Minha mulher é bem... compreensiva. E me ajuda muito. Ela cuida bem do Alvinho."

"Ela não trabalha?"

"É tradutora. Mas felizmente minha carreira permitiu que ela diminuísse bem o ritmo de trabalho e se dedicasse mais à casa."

"Que família tradicional, a sua. Deve ser solitário para ela, de todo modo, não? Deve ser amedrontador, com o senhor sempre viajando..."

A essa hora, sob essa luz, já me parece bem estranho ele ainda me chamar de senhor. Até porque ele não parece tão mais novo do que eu e já abusou da intimidade se convidando para a minha casa.

"Ela gosta de ficar sozinha", respondo seco. "E não creio que haja muito perigo de fato por aqui. A não ser pelo..."

"Trevoso?", ele completa com um sorriso.

"Isso, tirando o Trevoso, acho que não tem perigo."

"Ah... Mas o perigo é mais para o senhor..."

Mais uma provocação. Eu o avalio na luz fria. Há uma veia azul descendo pelo espaço côncavo sob seu olho direito. Pulsa. Ele insinua que é perigoso para mim que eu deixe minha mulher sozinha nesta casa.

"Digo, o senhor é o mais velho, não é? 'Mata o mais velho, ocupa o lugar do mais novo', é o lema do Trevoso. Hum, veja, deu até uma rima, preciso anotar isso."

Dou um riso amargo enquanto sorvo um gole de JD. "Na verdade, ela é mais velha do que eu... alguns meses..."

"O-oh... Está tudo bem com ela?"

Fixo meu olhar nele. Há algo de muito errado com esse cara. Penso nas esquisitices do Vinho. Na minha mulher dormindo lá em cima. Ela está dormindo lá em cima? Percebo que ainda não pude confirmar.

"Desculpe, está tarde demais, tive um dia longo, preciso deitar..."

"Claro, claro. Vou trabalhar um pouco também. Tenho atravessado as madrugadas, livro novo... Obrigado pelo uísque. O vô Grüne só bebe aquela cachaça de alambique e é bom encontrar bebida de qualidade de vez em quando, acho que vai ajudar a me soltar."

Eu o conduzo até a porta. "Obrigado pela ajuda lá fora, com a cachorra. Nos vemos qualquer dia desses." Quase o empurro, fechando a porta. Espero não vê-lo tão cedo.

"Funciona", minha mulher me dizia num sorriso melancólico quando eu chegava até o banco onde ela estava sentada, empurrando o carrinho de Alvinho, no parque del Retiro, em Madri.

"Funciona o quê?", eu perguntava revirando a mente atrás de algo que eu deveria lembrar, um rabicho de conversa, uma argumentação que terminava com a conclusão de que algo realmente "funciona".

"Tu. A paternidade", ela dizia num tom suave, como para me assegurar que não havia motivos para eu me exasperar, aquela era uma discussão nova, ou apenas uma nova ideia sendo colocada na mesa. "Estava te observando se aproximar. Observando as mulheres te observando. Funciona. Essa coisa de ser pai, empurrando um carrinho... Mesmo na tua idade, tem seu efeito."

Ela dizia isso com uma admiração verdadeira por mim, ainda que numa tristeza intrínseca por si mesma. Minha mulher nunca foi ciumenta. Nunca se incomodou com o assédio que recebo como artista; as investidas desavergonhadas de *culturetes* foram para ela mais motivo de divertimento do que de irritação.

Ainda assim, ao cumprir meu papel de pai, notava algo que destacava a diferença óbvia entre ciúme e *inveja*.

Ter um filho numa idade em que praticamente eu já poderia ter um neto, a ideia em si não era o que me incomodava. Que me confundissem com o avô me pareceria divertido, embora não me lembre de ter acontecido. Um filho pequeno aos cinquenta me confere certa virilidade, mostra como sou capaz. A situação é bem diferente para a minha mulher.

"As mulheres são loucas por isso", ela continuava. "O progenitor. Coloque um homem empurrando um carrinho de bebê e ele se torna o símbolo de virilidade. Coloque uma mulher nesse papel e ela está fora do jogo. Aproveite."

Eu abria um sorriso safado, que não era sincero. "Aproveitar como? Que ciúme é esse, Bianca?", eu dizia já sabendo bem que o sentimento era outro. Se eu aos cinquenta provava que ainda estava "no jogo", ela também provava que estar "fora" nessa idade igualmente tardia poderia ser motivo de satisfação. Se a maternidade mina o apelo sexual da mulher, Bianca ao menos pode se consolar de que, para ela, isso não aconteceu cedo.

"É isso o que consideram ser pai, de todo modo", ela insistia. "Empurrar um carrinho. Tu está cumprindo teu papel. Para nós mulheres é tão mais complexo..."

Eu não iria discutir pelo que eu não tinha culpa nem responsabilidade. Não havia como eu ser nada além de pai. Então apenas sorri e perguntei se ela queria um sorvete.

Estávamos em Madri fazia cinco dias, nos esforçando muito para que tudo desse certo. E embora nada tivesse dado realmente errado, o que mais conseguimos sentir foi esse esforço. Passamos meses cultivando Alvinho em plástico bolha. Eu me abstendo de viajar para que pudesse estar ao lado de Bianca, para que pudesse evitar qualquer desgraça, para evitar ser culpado pela ausência. Os meses se aproximaram de um ano, eu tive de voltar à estrada, e Bianca decidiu que alguma hora Alvinho teria de ir junto. Então ele viajou conosco. Arranjei tudo de maneira que pudesse ser o mais cômodo e eu pudesse passar o maior tempo com os dois. Passamos. Bianca nunca pareceu feliz de estar comigo, nunca feliz de estar longe de casa. Estudando de perto o ânimo dela, num novo cenário, eu me perguntava se não era uma longa e estendida depressão pós-parto. Ou depressão mais estendida ainda pós-aborto. Isso fez com que eu seguisse solitário em novas viagens. Alvinho foi crescendo, Bianca envelhecendo como mãe longe de mim.

Guardando as pás no ateliê, dou novamente com *Clara*, a tela retratando minha filha que nunca conheci. A primeira. Bianca a perdeu com seis meses de gravidez, algo entre o parto prematuro e o aborto espontâneo. Eu não estava ao lado dela. Viajava numa turnê internacional, uma das primeiras, coisa pequena, América do Sul, mas era realmente importante e raro para mim. Voltei correndo quando soube, já era tarde demais. Bianca disse compreender, mas suas ações não demonstraram isso. Permaneceu eternamente um ressentimento, como se ela achasse que não podia mais contar comigo. Se aquela gravidez não havia sido fruto de um grande planejamento, há anos deixáramos de cuidar para *não* engravidar. Um acidente que demorou a ocorrer. Um acidente que terminou mal, e isso não é um pleonasmo. A morte prematura de Clara basicamente nos fez desistir. Nos contentaríamos com a cachorra, a casa no campo, a arte, uma vez que nós dois já não éramos suficientes um para o outro. A gravidez de Alvinho, anos depois, foi tardia e de risco. O menino nasceu no tempo certo, saudável, bonito, amado, mas nasceu menino. Um filho nunca compensa o outro. Um nascimento não compensa uma morte. E a não existência de nossa filha mulher tornou-se parte da família como cupim nos móveis. O desgaste aumentou porque, pouco depois do nascimento de

Alvinho, minha mulher entrou na menopausa. Não poderia mais. Eu, sim. E esse é outro ressentimento que as mulheres casadas parecem nutrir de seus maridos.

De toda forma, o filho sempre é mais delas do que nosso. Os meses na barriga, a ligação umbilical, a certeza subcutânea é algo que nunca podemos compartilhar. Ser pai é uma utopia, uma incerteza para o resto da vida. O filho se tornou ainda mais dela por ser menino, eu o homem a mais na casa, mesmo tendo chegado antes, principalmente por quase nunca estar. Alvinho e Bianca compartilhavam coisas da qual eu não fazia parte: rotina, lembranças intrauterinas, telepatia. Eu chegava em casa sempre tentando entender o que estava se passando entre os dois, tentando me atualizar em algo a que eu já chegara nove meses atrasado. Deitava na cama e o obrigava a ir para o seu quarto.

Agora é uma dessas horas; de me deitar ao lado dela e me atualizar. Reafirmar meu lugar de marido, de pai, embora eu não esteja mais certo de minha serventia e ela não seja mais reprodutiva.

Subo novamente as escadas. Encontro a porta do nosso quarto novamente fechada. Dessa vez, eu a abro lentamente. Teria de entrar alguma hora, afinal. Ah, ela está lá. Vejo a forma de minha esposa deitada nas sombras.

"Bianca..."

Sussurro e ela se remexe. Minha esposa ainda respira. Nenhum espírito maligno a matou. O que nos ameaça é apenas a vida. Caminho até meu armário, abro a gaveta e tateio buscando um pijama. Minha mulher ainda não se manifesta e tenho certeza de que está fingindo dormir. Melhor assim. Deve estar tão preparada quanto eu para se reencaixar no relacionamento, conversar sobre minha viagem, discutir os problemas da cachorra, do Alvinho, de eu não estar no relacionamento para discutir os problemas. Com o pijama em mãos, afasto-me do quarto, em direção ao banheiro. Encher a banheira e escovar os dentes, para dormir.

Olho-me no espelho e me reconheço. Ainda sou o mesmo, apenas com as olheiras mais fundas, como já esperava encontrar. Uma veia azulada sob o olho direito, como a do vizinho, veja só, não pulsa tanto quanto a dele. Bem, somos da mesma espécie, alguns mais vivos do que outros. Já a textura da escova é mais macia em minhas gengivas, o sabor da pasta, estranho em minha língua. A água é estranhamente doce como sempre sinto quando volto a Santa Catarina; sempre leva alguns dias para se tornar inócua. Enquanto escovo, a banheira se enche, olho atrás de mim, no espelho. Refletida está uma das pinturas da minha fase atual, também reconhecível. É o que traz o pão, os brioches, a bebida importada para casa — mas não é o que eu colocaria em minha própria sala. Está lá como um lembrete das merdas que faço para sobreviver. Nem tanto. Estou sendo muito rígido. Nenhum artista pode pensar apenas em si. Sua função é encontrar formas de dar ao público o que ele quer.

Mergulho na banheira ainda rasa. Faz frio demais e a pouca água ainda não me esquenta. Sinto mais frio neste país do que na Europa, ecoo o vizinho, que ecoa o rádio, que ecoa o sogro do radialista, que poderia muito bem ser o sr. Grüne. Tento me achatar o máximo possível para que a água me cubra, mas meu corpo é volumoso demais, uma vida inteira de óleos, excessos, pinceladas, para que eu consiga sublimá-lo. Olho para meus pelos grisalhos, o pênis flácido, e penso na animação espontânea do meu filho neste mesmo banheiro, momentos antes. Logo chegará o momento em que ele se trancará por horas com uma revista de mulher pelada nas mãos, se é que já não está fazendo isso. As crianças de hoje estão cada vez mais precoces. Com sete anos já têm pelos púbicos. Só que não deve usar revista de mulher pelada. Meu filho deve se trancar com o tablet. Assistindo a vídeos de coelhinhos fofos, coelhinhos mortos.

Afundo os ouvidos na água. Os ruídos subaquáticos informam apenas que a banheira está enchendo. Lembro dos sons de tantas vidas paralelas que a banheira de nosso antigo apartamento — um quarto e sala na Bela Vista, em São Paulo — transmitia. O bebê do andar de cima, as conversas dos vizinhos, pratos sendo lavados, pratos sendo quebrados, finais de novela e campeonatos. Eu afundava os ouvidos na banheira e podia ouvir. (Agora, nada.) A banheira durou pouco, de todo modo. Com ocorrências constantes de infiltrações no apartamento de baixo, nossa vida se infiltrando na dos vizinhos, acabamos resolvendo tirá-la. O apartamento perdeu grande parte do charme. Nunca chegamos a acreditar que era um bom lugar para criar um filho, embora ensaiássemos.

Com os ouvidos submersos, outros sonhos se fazem sentir, o ruído da água como o ruído do avião; o ar rarefeito-comprimido ventando sobre mim; "O senhor gostaria de outra taça?"; a banheira balançando com uma leve turbulência. Inspiro para sentir o perfume da jovem dormindo ao meu lado; penso sobre qual cidade sobrevoamos, Saara, Dacar, Ceará Mirim; os bois que pastam milhas abaixo de nós; um pescador que volta para casa e nos espia lá de longe, cruzando o céu; uma criança que acorda de um pesadelo e ouve o ronco baixo formado por todas as turbinas, traqueias e pigarros em nosso avião; ouço um grito estridente, distante, a milhares de quilômetros de distância. Meu filho.

Sento-me num salto dentro da banheira. Escuto. Apenas a torneira ainda a desaguar. Silêncio. Espero um novo ganido de Alvinho, o menino chorando por mim. Nada além da água. Se chovesse haveria chuva. Se chovesse haveria chuva lá fora. A neve não só não faz ruído como silencia tudo ao redor. Emudece passos, amortece quedas, cala insetos. Eu fico calado. Fecho a torneira, paraliso e espero. Logo me acalmo e posso fazer a água se comunicar novamente. Se meu filho de fato gritou, já voltou a dormir.

Quando saio do banheiro, seu quarto também está em silêncio, apagado. Sigo para meu quarto e o acho muito abafado para todo aquele frio. Preciso ser razoável, não teria cabimento ligar o ar-condicionado. Tiro a camisa do pijama. Deito-me na cama e sinto a pele de Bianca roçando a minha. Estranho, há tanto tempo que ela não dorme nua. Lembro do vizinho lá embaixo, na rua, olhando para nossa janela. Penso nas visitas que o vizinho tem feito à nossa casa, à minha esposa, ao meu filho. É um homem bonito, apesar da androginia. É um homem bonito por ser andrógino. Um pouco decadente, escritor, deve ser homossexual. Hoje em dia é impossível ter certeza. Envolto em dúvidas e cansaço, é preciso pouco para finalmente eu dormir.

Eu podia ser pai dela, mas perdi a chance.

· Então a observo de olhos semicerrados, deitada ao meu lado, uma menina linda na classe premium. Nosso relacionamento será apenas isso, nossa vida juntos é esse momento. Dormindo lado a lado, embalados pelo ronco de motores e passageiros, sonhando juntos, sonhos distintos. Nunca saberei o que se passa na cabeça dela. Nunca terei a cabeça dela na minha. Toda essa beleza durará só um instante; quando o avião pousar, iremos nos separar para sempre, sem nem ao menos nos despedir.

Sonho com tudo isso quando ela sorri. Abro bem os olhos para entender se ela sorri para mim ou se sonha. Ela me sopra seu hálito lácteo e tira todas as minhas dúvidas.

"O que está espiando aí?", seu tom é simpático, sussurrado.

"Estava só curioso sobre você", sussurro de volta também sorrindo. "Não é comum garotas como você na premium."

"Eu tenho idade para ser sua filha, Bruno", ela diz.

"Mas não é." Pergunto com certo orgulho: "Como sabe meu nome?".

"Sou estudante de arte", cochicha, "e você é o novo Romero Britto."

Aquilo me ofende de várias formas. "Achei que você soubesse que eu era o velho Bruno Schwarz." Procuro manter a voz baixa e humorada. "Mas isso não explica o que uma estudante de arte faz aqui."

"Este não é meu lugar, na verdade", o sorriso agora é malicioso. "Ocupei esse lugar..."

Contenho uma risada. "Tá brincando? E ninguém te tirou? Você sabe, esses lugares custam uma nota..."

"*Psssiu!* Não vá contar a ninguém."

"Pode deixar."

"Custam uma nota, mas você pode pagar, não é?"

Sorrio sem graça. "Bem... estou viajando como convidado..." Não é bem verdade. Já tive passagens premium pagas pelas instituições. Mas, como na maioria das vezes, com essa fui eu que arquei.

"E eu tive a sorte de cair do seu lado", ela diz.

"É, acho que podia ser pior. Embora, se você ocupou esse lugar, talvez não tenha sido apenas sorte..."

"Sorte para uns, azar para outros..."

"Sorte para mim." Meu sorriso é cada vez mais canastrão.

"Se você diz..."

"Como pegou esse lugar?", pergunto.

"Oi?"

"Como ocupou... esse lugar?"

Ela olha para cima como se segurasse uma piada. "Eu ocupei o lugar da mais nova, para matar o mais velho."

Sinto um arrepio gelado. Não deixa de ser prazeroso. Olho rapidamente ao redor.

"Certamente o mais velho aqui não sou eu", continuo cochichando.

Ela só balança a cabeça, não diz mais nada. Mantém o sorriso safado, como se quisesse que eu adivinhasse. Há um velho senhor gordo duas fileiras à frente, com a pele toda desprendendo do rosto. Tem os olhos fechados e a boca aberta, mas tenho quase certeza de que ainda ronca.

"Esse?", pergunto.

Ela balança novamente a cabeça.

Vejo uma senhora duas poltronas ao lado. Não parece tão velha, mas não é nada nova. Há muita maquiagem, muita plástica, talvez até uma peruca. Sim, pode ser.

"Ela?"

A menina balança a cabeça.

Agora, levando o jogo a sério, levanto da poltrona. Finjo me alongar, dou giros de cento e oitenta graus. Não vejo ninguém que possa ser mais velho do que os dois já mencionados. Deito-me de volta.

"Desistiu?", ela pergunta como se ansiosa para me contar.

Faço que sim.

"É o piloto", ela sorri orgulhosa.

Não consigo conter o sorriso.

"Sério?"

Ela faz que sim.

Rimos baixinho um para o outro como se estivéssemos aprontando uma grande travessura.

"Você é louca...", digo sorrindo.

Estou contente de estar deitado ali com ela. Estou contente de terminar assim. Viajando, voltando para casa, sem nunca chegar. Fecho os olhos com vontade de estar nos sonhos dela, mas não estou. Abro os olhos e admiro aquela beleza, nariz arrebitado, olhos de titânio, ela se parece muito com alguém...

Sinto então o princípio de turbulência.

Acordo com o toque do telefone ao meu lado. Leva alguns segundos para entender onde estou, que horas são, o que está acontecendo. Estou no meu quarto, em Trevo do Sul, Bianca se remexe ao meu lado. É madrugada. O rádio relógio ao lado da cama marca quase quatro horas. O telefone fixo insiste.

Esforço-me ao máximo para soar acordado, para atender qualquer que seja a catástrofe.

"Alô?"

"Bruno? Oi..."

"Oi...", pigarreio. "Quem..."

"Oi, está tudo bem? Te liguei mais cedo, mas ninguém atendia. Queria ter voltado antes de tu chegar. É que com a neve..."

"Bi... Bianca?"

Bianca está do outro lado da linha. Não dorme no quarto comigo. Viro-me rapidamente para ver quem está deitado na cama. Meu filho se levanta num salto. Largo o telefone.

"Alvinho!"

O menino sai correndo porta afora; ri e está nu. Vou atrás dele.

"Alvinho, o que tu tá fazendo? Venha cá!"

Saio para o corredor, desequilibrado. Sinto-me em um navio, a inclinação imperceptível me jogando contra as paredes; meu filho se fecha em seu quarto.

"Alvinho!"

Piso firme, agora sem medo de acordar filho, mulher, cachorra. Não entendo o que está acontecendo aqui. Meu filho no lugar onde minha mulher deveria estar, minha mulher ligando sei lá de onde. Abro a porta do quarto dele e entro.

"Alvinho?"

A cama vazia. Janela aberta. Acendo a luz. Não vejo meu filho. Tento focalizar meus olhos recém-despertados nessa iluminação de tons neorrealistas. Espio embaixo da cama. "Alvinho..." Meu chamado levanta a poeira. Olho dentro do armário. "Alvinho!" Minha súplica reverbera em ácaros. Corro até a janela aberta, a neve caindo lá fora. Ele não teria...? Enquanto espio lá embaixo, percebo seu vulto saindo de algum lugar atrás de mim no quarto, rindo. Corre de volta para fora. "Alvinho!"

Corro atrás dele. Esse moleque precisa respeitar minha autoridade.

"Alvinho, volte aqui!"

Esta é minha casa, este é meu filho, e ele tem de me obedecer. Salta pelo corredor.

"Isso não é brincadeira!"

Tem pernas ágeis, esguias, um guepardo preso entre quatro paredes.

"Venha aqui agora, moleque!"

Eu me estico para alcançá-lo antes que chegue à escada.

"Alvinho!"

Ou eu o empurro com irritação. Meus dedos roçam suas omoplatas — a flexibilidade impossível da juventude. Minhas mãos vão sacudi-lo com força. Ele salta pelos degraus, longe do alcance. E cai. Rola. Escada abaixo.

"F-filho..."

Estaco no topo da escada. Lá embaixo, só vejo suas pernas finas, tornozelos intangíveis, caídos no chão da sala. Meu filho parou de se mexer.

Desço apressado. Então seguro o passo na metade dos degraus. O telefone volta a tocar; Bianca tentando nos alcançar. Toca uma, duas, meia dúzia de vezes, e não sei o que fazer. Não quero rolar escada abaixo. Não quero me deparar com o que está ali. Quero suspender o momento inevitável de acabar eternamente com minha paz, minha paternidade, encontrar o corpo do meu filho e não ser mais quem venho sendo, ser um pai sem filho, um homem em falta. O telefone para. Corro. Preciso salvá-lo o quanto antes.

"Alvinho..."

Seu corpo nu está estirado no chão. Sua cabeça num ângulo improvável. Os olhos abertos, pescoço quebrado. Eu me ajoelho a seu lado e toco seu corpo.

"Filho?!"

Alvinho não responde nem respira. Eu balanço seu ombro de leve, ossos ocos de gralha azul.

"Alvinho?!"

Penso numa massagem cardíaca, respiração boca a boca, eletrochoques para ressuscitá-lo. Tenho medo de movê-lo.

Espere, Bruno, pense. Levanto. Acabou de acontecer. Ainda não aconteceu. Agora é o instante de evitar o instante seguinte. Salvar meu filho. A impossibilidade física da morte na mente de alguém vivo. O que fazer. Correr. O telefone.

Cruzo a sala até o telefone.

Não pode ser assim que termina uma vida toda, todas as nossas vidas, a minha, a de minha esposa, dos nossos netos e gerações sem fim. É assim que terminam as dúvidas e os problemas. Os questionamentos recém-despertados já se encerram, caídos à beira da escada. O tubarão na sala. Minha esposa me deixou sozinho com ele apenas uma noite... Por que minha esposa o deixou sozinho esta noite?! Uma noite e já fui capaz de quebrá-lo. Tive apenas um par de horas para exercer a função de pai. E fracassei miseravelmente. Não. Algo ainda precisa ser feito. Algo ainda pode ser feito.

Meu cérebro se torna uma pesada lista telefônica que nem achei que existisse mais. Folheio-me desesperado pensando para que número ligar. Mãe, polícia, bombeiros, Samu. Surge-me o "192" e digito. Olho meu filho nu caído a alguns metros. Não será fácil explicar isso. Preciso que sejam rápidos, que me digam o que fazer, que vençam o frio, a neve, que venham nos salvar.

"Alô? Boa noite, meu filho sofreu um acidente... Ele caiu da escada, acho que quebrou o pescoço... Não, não está respirando, não sei... está com os olhos abertos, o que eu faço?!"

Tapo os olhos e me viro, enquanto o atendente dá instruções que me esforço para compreender. Pergunta meu nome, o nome do meu filho, pede detalhes que soam insignificantes.

"Vocês conseguem mandar alguém o mais rápido possí..."

Quando abro os olhos, Alvinho não está mais lá.

Eu não sou casado. Não uso aliança. Não assinei papéis e nunca vi sentido num estado civil. Meu relacionamento tem um caráter à beira do clandestino, o Estado não reconhece minha união e, a qualquer emergência, basta eu fugir sem olhar para trás.

Sempre gostei disso, nem tanto pela possibilidade de fuga. Gostava de sentir que juntos, mesmo juntos, mesmo sendo um casal convencional, ainda poderíamos ser *outsiders*. Não estou sozinho. Estamos juntos por querer, não por formalidade. Há muito deixei de declarar o estado civil nas fichas de hotel. No piano-bar, percebo olhos de balzaquianas migrando para minha mão esquerda enquanto seguro meu uísque com a direita. Impressionante como uma convenção cafona dessas ainda sobrevive. Elas não perguntam. Eu não respondo. Satisfazem-se em ver meus dedos nus em pelo, pelos grisalhos. Contentam-se com uma mentira que não contei. Talvez elas ficassem ainda mais contentes se encontrassem um Cartier em meu pulso — tenho um, mas deixo no escritório, em São Paulo. Não me prendo ao tempo. Um artista precisa manter as mãos livres.

"Você faz o quê?"

"Pintor", respondo. É bom que soe humilde; nunca digo "artista". Para os iniciados, "pintor" denota *técnica*. Para os puristas, que sou um artista de verdade.

"Uau, pintor, tipo...?", as mulheres perguntam como para ter certeza.

"Quadros, é claro" (embora eu tenha certeza de que algumas esperam ouvir "tipo Picasso"). Um pintor de paredes não estaria em um bar de hotel, pelo menos não nesse, embora não haja dúvidas de que alguns pintores consigam se manter melhor do que muitos artistas, pintando em branco. E se não creio que elas entendam nada de arte para eu discorrer sobre minha escola e estilo, elas mesmas podem achar a minha resposta um tanto quanto infantil. "Pintor de quadros" pode soar pior do que "artista", é o que constato toda vez que emprego essa expressão, dando um gole grande demais num copo que se esvazia. Pintor de quadros, na minha idade, talvez seja sinônimo de fracassado. Mas até aí, "solteiro", na minha idade, também. Sou uma exceção, não tem como elas saberem. Avaliam pela camisa, os sapatos, sem encontrar pistas nos dedos e pulsos. Intimamente continuo lamentando não ter uma formação totalmente aleatória para acrescentar ao meu currículo. "Sou formado em engenharia, mas há décadas que me dedico só à pintura", diria Modesto Cândido. Foi-se o tempo em que artistas de final de semana eram vistos como menores pelo mercado. Agora o mérito está em conseguir sobreviver e sobressair-se, ainda que se tenha uma formação de verdade.

Nessa dança de sorrisos e currículos, em algum momento terei de abrir minha carteira. Para encerrar uma conta, entregar um cartão de visita, guardar um número de telefone. Então me depararei com a fotografia do meu filho, e tudo ganhará peso. Alvinho tilintará em grilhões, lembrando-me de que não sou mais assim tão fugidio. Não estou sozinho. Há, sim, uma esposa, companheira, clandestina comigo. Há um laço mais forte que o Estado selando nossa união. E essa foto na carteira, no celular, pode me impedir de destruir minha vida toda, de ser feliz para sempre.

Assim vai sumindo a voz do atendente. Suas perguntas ficam mais distantes, ininteligíveis, e eu automaticamente afundo a mão no bolso procurando a prova de existência de meu filho na carteira, no celular. Estou de pijama.

Alvinho não está mais caído na sala. E eu só tenho minha própria sanidade para revirar. Meu filho não está mais lá. Meu filho não está mais morto. Seu corpo desapareceu. Ele se levantou. Deixou de existir. Deixou de deixar de estar vivo.

"Alvinho...?"

Meu filho ainda vive. Tenho uma segunda chance. Coloco o telefone no gancho. Dou passos leves pela sala. Preciso dizer a ele para ficar deitado, para não se mover, parar de respirar, permanecer morto. O socorro está a caminho, é melhor esperar.

Procuro sinais do meu filho. Vou até a escada.

"Alvinho?"

Olho lá em cima e não vejo nada. Procuro escutar: nenhum som. Caminho pela sala em busca de pistas.

"Alvinho!"

Ele está escondido. Olhando pelas paredes só o que vejo sou eu mesmo, hiperdimensionado, meu mundo, meus quadros, visões da minha mente — nenhum retrato de família. Corro os olhos pelo piso; os móveis remetem a meu pai, não a meu filho. Busco rastros de criança, chinelos diminutos, digitais engorduradas, ao menos um brinquedo jogado no chão como prova de que essa infância existe. Havia um menino nesta casa!

Havia meu menino, que joguei escada abaixo.

Todo aquele cuidado inicial, que depois me pareceu desnecessário. Quando pegava Alvinho no colo as primeiras vezes, mantinha os ombros duros, as juntas imóveis, cuidado para não deixá-lo cair e quebrar. Tão pequeno e tão frágil, o menino se mostrou mais resistente do que eu esperava. Afinal, crianças crescem entre o lixo, sobrevivem de restos nas ruas, mastigam cacos de vidro, escalam muros e se jogam da ponte. Não havia como quebrar meu filho numa realidade tão acolchoada...

Bem, havia. Foi só deixá-lo escapar dos meus dedos, num salto.

Não, espere aí, desde quando tenho um filho? Faz o quê, seis, sete anos? Ainda ontem não tinha. Ainda ontem eu adentrava esta casa como um adolescente visitando os avós. Ainda sou esse adolescente. Como pode haver uma criança que nunca existiu? Como de repente existe uma criança ocupando minha vida inteira?

Então em frente à lareira reencontro a foto sobre a cornija. Lá está: Alvinho, Bianca e eu. Esta é minha casa. Esta é a minha família. Examino meu rosto na fotografia como para me certificar de que, sim, aquele sou eu.

O telefone volta a tocar atrás de mim.

O serviço de emergência para confirmar o endereço. Minha mulher querendo entender o que está acontecendo. Eu escuto como se fosse a trilha necessária para meus questionamentos internos, como se não precisasse de fato atender.

É quando vejo pela vidraça do jardim pequenos passos na neve indo para os fundos. Meu filho ainda caminha e foge para longe de mim. Para o estúdio do bisa, a oficina do meu avô, meu ateliê. Adianto-me até a porta de entrada para vestir um sobretudo, calçar meus sapatos.

Se a neve nunca derretesse, os passos de meu filho permaneceriam assim: congelados, infantis. Mas a neve derreterá e não sobrará nem rastro de por onde aquele guri passou. Piso exatamente em cima das pegadas, alargando seus passos até minha maturidade. Será que um dia seus passos serão indistinguíveis dos meus? Será que sobreviveremos para não nos distinguir?

A neve está se acumulando. Em breve terei de limpar a área na frente da porta para poder entrar no ateliê. Em breve estará obstruída de fato; nunca pensei que isso aconteceria quando caçoei com Scarlett. Teremos de aprender a lidar com a neve, com o frio, aquecer as casas, salgar as ruas. E esse é o menor dos meus problemas. Preciso entender o que está acontecendo. Preciso sobreviver a esta madrugada.

Entro no ateliê e deparo com uma galeria de insanidades.

Meus quadros. Foram modificados. Garranchos infantis e rabiscos irracionais cobrem as telas por todos os lados. Coelhos, raposas, corujas, garatujas, animais que não consigo identificar. Tinta a óleo, giz de cera, carvão e aquarela borram telas, paredes, o chão. Puta merda. É como se um unicórnio tivesse vomitado por todos os lados. Os pesadelos do meu filho tornando-se os meus. Alvinho não pode ter feito tudo isso. Como meu filho teve tempo de entrar em meu ateliê e esparramar-se assim?! Foi da *action painting* para a *hyperactivity painting* num piscar. Enquanto contemplo o horror, escuto a porta fechando-se atrás de mim.

"Alvinho!"

Corro até lá. Tarde demais. Porta fechada, chave virada. Risadas infantis do outro lado.

"Alvinho, abra essa porta!"

"Viu meus quadros?" A voz de Alvinho vem do outro lado. "São meus pesadelos. Pintei os bichos mais feios para impressionar o senhor; não gostou?"

"Alvinho, deixe de bobagem. Abra essa porta agora!"

"Por quê? O senhor sempre gostou de ficar trancado aí..."

Em sua voz há uma malícia e um sarcasmo que não deveriam existir num menino tão novo. Porém um menino tão novo está sempre mudando de voz. Como posso reconhecer o tom de meu filho, suas formas e inclinações, se ele não para de crescer?

"Alvinho, tu não está bem! Preciso dar uma olhada no teu pescoço. É melhor ficar deitado, temos de chamar um médico! Alvinho, abra essa porta!"

"Vou deixar o senhor em paz, tá? Vou brincar lá fora e deixá-lo aí com meus quadros."

"Alvinho, eu não estou de brincadeira!"

Ele dá uma risadinha e parece se afastar. Esmurro a porta, sem resposta. De castigo por ser um mau pai. É inútil argumentar com essa criança. Não sei o que se passa com meu filho. Bianca o deixou aqui, sozinho, pode ser tão ruim assim? Ou devo renunciar de vez ao realismo e entregar-me ao fantástico dessa narrativa?

A verdade é que esse guri é fruto de um acidente, ele é um acidente. Não posso dizer que foi uma gravidez *indesejada*, mas foi uma gravidez inesperada, um acidente, não esperávamos mais. Chegou tarde, já trazendo risco à minha esposa, desestabilizando a ordem da casa, os planos de vida, nossas resignações. Frustrou nossas frustrações. Bianca nem foi capaz de ter um parto normal, de amamentar, o menino teve de ser arrancado do ventre com uma cesariana, alimentado com leite de vaca, secou totalmente o útero da minha esposa, deixou claro que ele seria o último, o único, ela não teria nada mais a derramar.

Volto-me ao ateliê e busco a espingarda. Meu Deus, o que esse pivete fez com meus quadros... O que esse pivete fez com minha vida! Não quero pensar nisso. Não dou conta. Telas, pincéis, ferramentas, não encontro a arma. Ah, sim! Aí está uma forma de sair dali: um machado. O ateliê é só um barracão de madeira. Volto-me à porta.

"Alvinho, tu está aí?"

Sem resposta. Desfiro a machadada.

"Alvinho, vou arrebentar essa porta!"

O telefone volta a tocar. Bianca, ambulância, polícia ou o que seja, preciso atender. Não dou conta disso sozinho. Preciso da opinião de profissionais, da ajuda de peritos.

Sou o Jack Torrance do Planalto Serrano. O machado parte a madeira fina, treme o barracão da minha arte. A porta logo cede e eu despenco através dela, cambaleando no frio, caindo de quatro na neve. Levanto-me rápido e avanço para dentro da sala.

Não vejo a vidraça fechada, atravesso-a e caio com um estrondo no chão da sala.

O telefone para.

"Trezentos mil, Bruno."

"Oi?"

"Trezentos mil. A tela", diz o antigo agente.

"Hum... Uau, trezentos... Isso significa..."

"Muito. Dessa você vai receber cerca de vinte e cinco por cento..."

"Que é bastante..."

"Que é razoável. Mas significa muito mais. Isso é só o começo, Bruno, um belo começo..."

"Incrível que eu ainda possa ter um belo começo aos trinta e nove."

"Incrível, já que a maioria começa depois de morto..."

Fico por alguns instantes caído no chão da sala. Noto uma poça abaixo de mim. O primeiro pensamento que me vem é a urina do meu filho: quente, pegajosa. Então noto que é sangue do meu sangue, meu próprio sangue, se espalhando. Pena, só com o sangue derramado percebo o quanto o chão estava limpo... Sinto um corte no ombro, sangue também escorre da testa. Sou uma performance malsucedida de Marina Abramovic... se isso não é um pleonasmo. Sou um acionista de Viena. Toco meu pescoço, jugular, intacta. Tudo bem, ainda tenho muito a sangrar. Esforço-me para levantar e sinto uma dor aguda onde nunca sofri de fome, onde nunca tive esforço. Aqui, um caco de vidro comprido fincado na minha barriga. Eu o puxo para fora. Fico de pé. O sangue está escorrendo, esvaziando-me, deixarei de ser. Não, não deve ser grave. Há gente que sangra todos os dias. Mulheres sangram todo mês. A minha não mais. O telefone volta a tocar e sigo trôpego até ele. Preciso do que quer que esteja do outro lado: polícia, ambulância, Bianca.

Do outro lado não há nada.

Atenderei ao telefone, não ouvirei nem minha própria voz dizendo "alô", permanecerei ouvindo atentamente, estática, uma comunicação hermética com o outro lado. Se eu conseguir focar a atenção o suficiente, poderei, quem sabe, captar um traço da voz de minha esposa. Numa linha distante, ela continua dizendo "alô", ela permanece esperando sem resposta. Durará apenas um instante, qualquer dispersão de minha mente me afastará dela e me trará de volta para esta casa vazia, essa falta de vida.

Devolverei o telefone ao gancho, inútil, e caminharei até a porta. A neve ainda cairá lá fora, eternamente, sem nunca ser capaz de se acumular. Sairei para a rua, verei a mata à frente, a via que leva morro acima à direita, a que leva à cidade, à esquerda. Mantendo os passos e a mente no asfalto, conseguirei caminhar até lá. Sem nunca cruzar com ninguém no caminho, sem nunca passar por um carro em movimento. Poderá demorar o tempo que for que nunca clareará, nunca chegará um novo dia. Alcançarei o centrinho de madrugada.

Todas as luzes vão estar apagadas, todas as portas estarão fechadas. Posso bater o quanto for em uma delas que meu toque não irá soar. Posso ir até a padaria, mas estará fechada, lacrada, nenhum pão assando. Posso vagar por trás da prefeitura, subir no coreto, sentar no banco da praça. Nenhum cachorro abandonado virá até mim. E eu terei de manter os olhos no cenário e a mente no presente, porque se divagar por um instante... apago e estarei de volta à casa. Que vai continuar vazia, silenciosa. Continuarei vagando por ela sem encontrar mulher, filho, ninguém. Talvez só um vislumbre na escada. Talvez só um vulto translúcido na cama. Num instante de foco, depois se perderá. Como uma imagem estática que foi gravada há muito tempo no fundo da retina. Como um slide de uma vida passada. Atenderei essa chamada para dar adeus à minha vida. Do outro lado, só haverá o limbo...

"Alô?"

"Bruno, o que está acontecendo?!"

"Desculpe, Bianca... Não sei..."

"Fiquei ligando sem parar! Tu quer me deixar maluca?!"

"O Alvinho... Tem alguma coisa errada com ele..."

"Do que tu tá falando?"

"Não sei, o Alvinho, ele... Por que tu deixou ele sozinho em casa? Bianca, onde tu tá?!"

"Bruno, o Alvinho está bem, está aqui comigo. A gente veio pra casa da tia Rosa. Queria ter voltado no começo da noite para te encontrar quando tu chegasse, mas com a neve os ônibus ficaram lotados."

"Alvinho está aí?"

"Claro, onde achou que ele estivesse?"

Espere, puxo os pensamentos de volta para mim, para entender quem sou, onde estou, o que está acontecendo. Abaixo a cabeça e me vejo sobre uma poça de sangue outra vez. A poça se forma sob meus pés. Tenho medo de afundar.

"Alvinho está aí contigo? Está vendo ele agora?!"

"Ele está no quarto, dormindo, é claro. Acordei de madrugada e decidi te ligar de novo, já tinha tentado antes. Mandei mensagem."

"Bianca, Alvinho está aí? Tu está VENDO ele? Vai no quarto e vê se ele está bem."

Um suspiro do outro lado:

"Bruno..."

Então escuto passos. Um barulho de porta rangendo. Quando minha mulher fala novamente, sua voz é sussurrada.

"Ele está bem. Estou olhando para ele agora. Dormindo. Com o dedo na boca, inclusive; voltou com essa mania há algumas semanas. Sente tua falta."

Congelo. Então Bianca e Alvinho não estiveram em casa hoje à noite.

O Trevoso... mata o mais velho e ocupa o lugar do mais novo. A mais velha é minha mulher, e ela está em segurança. Então o mais velho neste momento aqui sou eu... ou o único.

Bianca... Sinto o toque dela. Estamos em um hotel de beira de estrada. Ultimamente, há muito tempo, perguntava-me qual a porcentagem de desejo do toque dela, quanto dele era desejo de me castrar e quanto era apenas para me satisfazer, me saciar. Minha mulher me tocando para eu não reclamar. Minha mulher ordenhando-me para que eu não tivesse chance de derramar por outra. *Não precisa, Bianca*, eu pensava em dizer. *Se é por minha causa, não se importe. Não faço questão.*

Lá fora, turbinas giravam. Não estávamos em voo, era uma fábrica funcionando dia e noite atrás do hotel, mas para mim o efeito era o mesmo. Na época eu já viajava com frequência, ainda em classe econômica, já vivia grande parte do tempo fora do Brasil. Mas quando um antigo amigo me convidou oferecendo uma homenagem no interior de São Paulo bem que tentei, não tive como dizer não. Salão das Artes de Extrema, na divisa com Minas.

Aproveitei para levar Bianca. Viagem curta, perto, ela poderia me acompanhar por um fim de semana. Hotel com piscina, eu pensava, homenagens, para ela ver o quanto eu valia. Piscina havia, basicamente um oásis num terreno baldio, com a fábrica e as turbinas girando lá atrás. Bianca achou engraçado, eu um pouco constrangido tentando convencê-la de que não era sempre assim, que naquele ponto da minha vida (e carreira) as acomodações já costumavam ser melhores. Eram melhores, quando ela não me acompanhava. Ela estava de bom humor, ela se esforçava, procurou não reclamar. Dormimos com a janela aberta; as turbinas não faziam mais barulho do que um ar-condicionado, afinal, que aliás não existia. O frescor era do vento.

Assim, fizemos amor. Uma, duas, mais vezes. Nossas raras viagens juntos serviam para isso, mostrar o quanto não fazíamos em casa. Podíamos passar semanas nos ignorando, mas três dias num hotel seriam contados em dias com sexo. Quantos deixávamos de fazer.

Pois bem, fizemos...

E, fazendo as contas depois, acho que Alvinho foi concebido num desses dias.

"Bruno, tu tá aí?"

Minha mulher me traz de volta para a poça de meus pensamentos, afundando em meu próprio sangue.

"Bianca, cuide bem do Alvinho, fique de olho nele, o.k.? Preciso desligar."

"Bruno, o que está acontecendo? Tu tomou alguma coisa? É um daqueles teus flashbacks?"

"Eu estou bem. Cuide do nosso filho."

Desligo. Bianca e Alvinho estão seguros longe de mim. Sou eu que preciso me cuidar agora. Preciso descobrir o que está acontecendo aqui. O que está acontecendo comigo. O que é isso que se passa por meu filho.

Escuto passos apressados no andar de cima.

Não estou sozinho. E agora gostaria de estar. Meu filho não está morto. E agora preferia que estivesse. Um filho morto permanece para sempre. Preciso sair daqui. Vou até a mala deixada na entrada. Ao abrir, dou com o coelho "realista" de pelúcia que comprei para Alvinho, amassado. Reviro as roupas separadas para o verão europeu, que podem servir para um inverno no Brasil. Visto pulôver, sobretudo, troco a calça do pijama. Pego a mala, as chaves do carro e saio de casa.

Entre as cidades mais frias do Brasil, Trevo do Sul talvez seja a menos inclinada ao turismo. É uma mistura de falta de empreendedorismo com noção do ridículo e talvez uma misantropia pronunciada. Quando há a mínima chance de neve, os turistas lotam os hotéis de Urupema, Urubici, São Joaquim; por aqui passam reto. Não foi aberto nenhum hotel de inverno, nenhum restaurante para servir fondues, ninguém teve a iniciativa de montar uma "Flineve", "Exponeve", "Festneve", nem nada assim, sinal de bom senso. Os turistas que tomam as cidades vizinhas todo inverno na esperança de aparecer no *Jornal do Almoço* falando sobre o sonho glacial se decepcionam. Só uma geada mais rigorosa, uma névoa fria, uma leve camada de gelo cobrindo plantações de soja. Quando há uma nevasca rápida, fina, de madrugada, as crianças são acordadas, tiradas da cama mal-humoradas, obrigadas a se vestirem correndo para ver lá fora. A neve fica registrada no mesmo arquivo de um pesadelo. A neve não faz parte da vida de ninguém.

Agora eu poderia fazer um vídeo para mandar aos telejornais. À minha frente, barrando o portão, há até um *boneco de neve*. Saem galhos de dois pontos da cabeça, como chifres. Esse é o presente que meu jovem escultor me oferece, um diabo de neve. Se o Trevoso sai para brincar na *noite mais fria do ano*, hoje deve estar eufórico. Num ano de máximas recordes, mínimas desprezíveis, ele sairia para aprontar em temperaturas amenas? Sem um inverno no qual acreditar, ele teria de aceitar uma leve brisa noturna pra chamar de sua.

O carro está à minha esquerda. A casa do vizinho está à direita, a poucas dezenas de metros. Reflito sobre a direção que devo tomar. Eu deveria pegar o carro e ir até a casa da tia Rosa, a uma hora e pouco daqui, pegar minha mulher, meu filho, levá-los para longe, sem olhar para trás. Já é hora de voltar a São Paulo; seria bom morar em Paris; tenho certeza de que conseguiria me acomodar em Nova York, Berlim, qualquer cidade grande, movimentada, cosmopolita, onde não houvesse rastros de folclore nem florestas de araucárias, coníferas. Onde a neve fosse empurrada por tratores para os cantos das ruas. Onde Alvinho pudesse aprender sobre artes nos museus e sobre coelhos nos livros. De onde eu não precisasse fugir.

E nossa casa, esta casa — do meu pai, do meu avô —, eu poderia simplesmente deixar para trás. Ligar para uma transportadora e pedir que embale os móveis de meu pai, meus quadros. *Não se assustem com a poça de sangue no chão, não se preocupem com a vidraça quebrada. Ah, por sinal, se houver um menino correndo pelado, podem deixar, é apenas um espírito zombeteiro.*

Não vou abandonar a casa assim. Não vou abandonar o juízo. Estou cansado, alterado pelo jet lag, horas de fuso e doses de JD. Talvez a soma desses fatores tenha provocado um flashback, ressuscitado ácidos dos anos 80, 90. O importante é fazer sentido. O importante é buscar ajuda. Volto com as malas para dentro de casa, ao lado da porta. Abro o portão e derrubo o diabo de neve. Sigo para a casa do sr. Grüne. Há uma terceira casa um pouco além, a que os donos raramente vêm, e outra um pouco antes da minha, que é alugada por temporada. Minha melhor opção é mesmo a casa do sr. Grüne. Seu neto disse que entra a madrugada trabalhando, invadiu minha casa há pouco, me contou a história do Trevoso. Tenho um bom pretexto para bater em sua porta a essa hora da madrugada. Procuro uma campainha no muro alto de pedra. Bato palmas que não parecem vencer o pesado portão de ferro. Escuto um piano tocando lá de dentro. Estão acordados. Puxo o portão; está destrancado.

A grama do quintal da frente está alta e descuidada. Seria uma boa casa para os meninos da vizinhança tacharem de assombrada; o sr. Grüne como o velho bruxo, que fura cada bola que cai no terreno... Seria uma casa propícia à imaginação infantil, se de fato houvesse alguém na vizinhança, se houvesse meninos na vizinhança. Bem, temos o meu. E pelo que sei, meu filho o chama de avô, aprendeu a caçar com ele. Não deve ser fácil para um velhinho desses caçar, empalhar, podar o gramado. Seu neto bem que poderia ajudá-lo. Tudo que consigo lembrar do sr. Grüne são flashes dele entrando em casa, saindo de casa, acenando de leve quando passo com o carro. Está nessa casa há mais tempo do que eu, talvez há mais tempo do que meu avô. Em todos os meus anos aqui, nunca o conheci realmente. Bianca talvez tenha mais intimidade, alguma intimidade, ao menos, um número para o qual eu poderia ligar em vez de aparecer de surpresa. Caminho para a porta batendo palmas, avisando que estou ali, não quero parecer um invasor. Se há algo que sei sobre o sr. Grüne, pelo que não sei sobre o sr. Grüne, é que ele valoriza a privacidade. Nunca incomodou minha família, nunca foi incomodado... Arrisco um "oh, de casa!" e um "sr. Grüne?", embora acredite que ele deve estar dormindo. Não sei o nome do neto para chamá-lo. É o piano virtuoso vindo de dentro da casa que confirma que há gente acordada.

Toco a maçaneta da porta da frente. Sei que também estará aberta e terei de entrar. Ensaio mentalmente o que dizer para quem encontrar, sr. Grüne, seu neto, uma senhorinha Grüne tricotando numa cadeira de balanço. Não, certo de que não há (mais) uma senhorinha Grüne. Uma senhorinha mumificada, então. *Boa noite senhora, senhor, rapaz... Desculpe incomodar a essa hora... Ouvi a música... Sofri um acidente na vidraça, um ataque, um acidente e um ataque na vidraça de casa, podem chamar uma ambulância, a polícia, polícia e ambulância? Tranquem as portas! Tragam um exorcista!* As regras de convivência social ditam que eles nem devem se importar com as manchas de sangue que deixarei no piso, no sofá. Comprarei um sofá novo para eles. Darei uma de minhas telas em agradecimento. Pressiono a maçaneta e abro a porta da casa.

Um coelho sai em disparada, sumindo no jardim.

Tudo bem, não foi um bom começo.

"Sr. Grüne?"

Música alta. Trata-se de um único compasso de piano vindo de um disco riscado. Olho ao redor. É o que eu esperava da sala do meu velho vizinho: móveis velhos, surrados, certamente nunca foi cliente de meu pai. Tapetes esfarrapados. Quinquilharias sobre os móveis e... animais empalhados. Um jabuti, um filhote de jacaré, uma coruja com as asas abertas. Na parede, uma cabeça de urso... ou é um cachorro grande? Uma onça, uma lontra, um cachorro-do-mato. Numa mesinha de centro há um tatu. Em cima de uma estante há um sagui, um morcego, uma galinha-d'angola. Vou até a vitrola e levanto a agulha. Uma das rapsódias húngaras de Franz Liszt, mas não a segunda, o que denota certo repertório. Algo passa correndo atrás de mim. Isso não está certo. O pesadelo não acabou. O que quer que tenha estado antes em minha casa está aqui agora.

"Sr. Grüne?"

Ando receoso pelo cômodo e sinto minha calça empapada. O sangue continua escorrendo, eu deveria cuidar disso urgentemente. Vejo o sofá, o telefone logo ao lado. Posso me deitar, ligar para o socorro, fechar os olhos, é o melhor a fazer. Será que, se eu fechar os olhos agora, voltarei a acordar? Se acordar agora, estará tudo bem, em casa, minha esposa dormindo ao lado, Alvinho em sua cama, sob seu móbile de coelhos? Foi só um corte fundo na barriga, um corte ou dois — não se morre assim tão fácil. Vou só avisar ao sr. Grüne que estou aqui. Só vou avisar ao seu neto.

"Sr. Grüne?"

Vejo a escada que leva ao segundo andar. Dou um passo incerto. Minha pressão está caindo. Essa coisa de hemorragia funciona mesmo, sinto uma tontura, sinto-me mais leve, lembro-me de que foi assim que minha cachorra partiu. Tem sua graça. Não deixa de ser prazeroso. É como se o corpo fosse se apagando lentamente... Me apoio na estante.

Uma raposa salta de cima da estante, crava as garras no meu ombro e corre para longe.

Os animais empalhados estão ganhando vida e eu estou perdendo a minha. É justo. O Trevoso veio fazer isso. Matar quem já deveria ter morrido. Dar nova vida a quem pode ter vida nova. Derramar meu sangue para ressuscitar os verdadeiros donos do bairro. Veja só, que bela história, preciso contar ao neto do sr. Grüne, o escritor. Posso imortalizar essa descoberta antes de morrer. É tarde demais para pintar. Não terei a oportunidade de fazer disso uma obra de arte. Porém, como história, ainda pode ser contada. Como personagem, posso permanecer. Num livro tosco, trash, existencialismo bizarro. Mas posso.

Subo a escada e sinto os degraus rangendo a cada passo meu. Que os degraus suportem meu peso, estou a cada passo mais leve, afinal. A casa toda parece velha demais e prestes a desabar. Vou rangendo ao segundo andar, ouvindo animais farfalhando pela sala.

"Sr. Grüne?"

Aqui em cima, me vejo diante de três portas fechadas. Sei que todas levarão ao inferno, então penso qual terá a melhor vista para fora. Giro a maçaneta da primeira: trancada. Vou para a segunda, acendo a luz: o banheiro. A terceira porta também dá para o escuro e espero uns instantes para entender o que há lá.

"Sr. Grüne?"

É um quarto com uma cama. Na penumbra, vejo o que acredito ser o sr. Grüne dormindo.

"Sr. Grüne?", baixo, sem sentido.

Se minha intenção é acordá-lo, não deveria sussurrar. Se é para deixá-lo dormindo, melhor sair e fechar a porta. Mas a casa está tomada de animais silvestres. Minha casa foi invadida e estou aqui sangrando. As regras da boa vizinhança permitem que eu o acorde, que eu o sacuda, que eu o alerte gritando em seu ouvido. O mais velho da casa...

Acendo a luz e constato: o sr. Grüne está morto.

Sinto que isso é terrivelmente inapropriado. Mal o conheci com vida e agora o flagro num momento tão íntimo, que seria delicado até para um membro da família. É como se eu o flagrasse nu, vomitando, masturbando-se. Por instinto quase apago a luz e peço *desculpe, desculpe, não sabia que o senhor estava assim, tão morto*. Não temos intimidade e não fui convidado. Deitado de olhos abertos, boca aberta, sua expressão poderia ser descrita como "pânico" pelo contexto, mas não consigo deixar de achar que há algo de cômico. A mesma expressão num jantar de Natal com a família seria vista como uma piada. "Pare com isso, vovô. Ai, noventa anos nas costas e parece uma criança", diria uma neta carinhosa, já na meia-idade, antes de ver o avô cair morto, vítima de um ataque cardíaco fulminante, sobre a salada de batatas. Eu seria aquele convidado eventual que nem sabe por que está ali e que testemunha a privacidade das brigas familiares com um sorriso constrangido, que testemunha uma morte com o mesmo sorriso, como se não fosse comigo. No rosto dele não há nem pincelada de sorriso, é pânico mesmo. Deitado na cama, olhos arregalados. "Ele teve uma morte pacífica", mentirá o médico. "Não sentiu nada."

Uma morte pacífica.

Na cômoda, ao lado, um gato empalhado vela sua morte. Com a boca aberta, o gato parece carecer de gengivas ou talvez esteja apenas sorrindo. Pergunto-me se foi incapacidade do sr. Grüne de fazê-lo sorrir como um gato de Cheshire ou se eu estou lendo demais num bicho morto. Espero o gato ganhar vida. Deixo-me cair na poltrona em frente à cama. Fico assistindo ao velho como a um aquário de peixes ornamentais. Ou como a um aquário sujo de peixes mortos, bomba desligada, nenhum movimento e nenhuma bolha.

"Hum... Sr. Grüne?"

"Sim?"

"Desculpe a pergunta, não queria incomodá-lo nesse momento, mas... Qual é a função disso, da taxidermia, digo."

"Função?"

"Não que precise ter. Sou um artista, afinal. E toda arte é inútil. Então queria saber se era apenas isso, os bichos empalhados têm apenas função decorativa... um hobby?"

"Meu filho, taxidermia é uma ciência!"

"Claro, acredito. Uma ciência... e uma arte?"

"Um estudo."

"Estudo..."

"Um estudo morfológico. Uma forma de preservar a morfologia, a aparência, as dimensões de um animal específico depois de morto. A única! Imagine um espécime único! Imagine um animal extinto! Que outra forma ele teria de continuar ocupando um espaço físico no mundo se não fosse pela taxidermia?"

"Ah, entendo. Bonito isso."

"Muito bonito. Muito nobre."

"Tem algo de artístico aí, não tem?"

"Bah! Nada de artístico!"

"Mas o senhor não faz um molde, uma escultura..."

"Não há nada de artístico! É científico! O trabalho consiste em preservar o mais fielmente possível a aparência do animal quando vivo!"

"Entendo..."

"A minha expressão, não importa! Os meus sentimentos! Quem se importa com o que eu sinto?! Quem se importa?! Se minha esposa morreu, se há anos não vejo meu filho, se estou feliz, se estou triste, o gato deve permanecer sorrindo!"

"Claro..."

"Não estou aqui para representar uma ideia de tatu-canastra, um lagarto que simbolize todos os lagartos, estou aqui preservando indivíduos exatamente como eles foram!"

"Então se poderia dizer que a arte..."

"Não há arte!"

"Então se poderia dizer que qualquer erro, qualquer incapacidade de reproduzir fielmente esse indivíduo seria arte? A arte seria o quanto a obra se distancia do animal original? Arte é o quanto você transformou a realidade?"

"Arte é para amadores!"

"Seria o quanto sua expressão pessoal, sua tristeza, influencia na reprodução de determinado espécime? Sua incapacidade de fazer o gato sorrir?"

"Se o gato morreu sorrindo, o gato estará sorrindo."

Deve ter sido só um segundo. Devo ter dormido por horas. Devo ter morrido e ressuscitado. Então abro os olhos e vejo o neto do sr. Grüne a minha frente, segurando minha espingarda.

"O que está fazendo?", ele pergunta.

Me remexo lentamente. Pisco. Permanecem a sonolência e a vontade de apagar.

"Seu avô está morto", é tudo o que eu digo. Fecho os olhos.

"Eu sei. E o senhor está sentado numa poltrona no quarto dele... Que sangue todo é esse, sr. Schwarz?"

"É meu. Sofri um acidente em cas... Um ataque, fui atacado em casa. O Trevoso. Um assalto. Tive um acidente com a vidraça."

Ele permanece segurando firme a espingarda.

"O senhor precisa se esforçar mais para que eu entenda."

Eu sei. Devo me esforçar mais. Abro bem os olhos. Endireito-me na poltrona. Encaro o vizinho armado.

"Por que está com minha espingarda?"

"Sua espingarda?"

"Sim, minha espingarda. Estava procurando."

Estico o braço debilmente, querendo pegar a arma de volta. Ele franze a testa, olha para mim, olha para a arma.

"Encontrei essa espingarda no porão do meu avô."

"No porão do seu avô? Seu avô tem porão? Para que serve um porão, afinal? Esta casa deve ser antiga mesmo. Mais antiga do que a minha..."

"Sr. Schwarz, o senhor está devaneando..."

"Verdade. E não costumo ouvir esse verbo."

Ele me encara impaciente.

"Essa espingarda é minha, rapaz", insisto.

"Não, acho que não. Acho que o senhor está confuso. Vi o senhor com sua espingarda há poucas horas, não lembra? Estava com ela na sua casa. Era parecida, mas não era essa."

"Sim, eu estava com ela há poucas horas, agora está com você..."

"Sr. Schwarz..."

"Por que está armado? Seu avô está morto. O que está acontecendo aqui?"

O rapaz me avalia por alguns instantes, então suspira, senta-se no canto da cama. Vira o rosto para o avô morto.

"Meu avô é taxidermista. Ou era. Costumava entrar as madrugadas trabalhando no porão, como eu. Eu aqui em cima... não queria saber os detalhes do que ele fazia lá embaixo. Não é uma atividade que me agrada muito, posso dizer. Mas o encontrei caído quando voltei da sua casa, gaiolas abertas, animais correndo por todo lado. Deve ter tido um ataque cardíaco enquanto mexia com os animais... Vai ver levou uma mordida. Eu trouxe o corpo dele até aqui, até a cama. Tentei mandar os animais para fora. Mas eles estão enlouquecidos pela casa. Por isso fui buscar a arma."

"Muito bem. Faz sentido. E onde entra o Trevoso nessa história?"

"Trevoso?"

"Sim, sim, o duende, espírito selvagem, o que seja. Aquele que entra nas casas no dia mais frio do ano..."

"Sr. Schwarz, isso é só uma história. O senhor não acha...?"

"Algo aconteceu na minha casa. Eu estou sangrando..."

"Sim, o senhor está sangrando. Parece grave."

"Pode chamar uma ambulância?"

"Já chamei, para o meu avô. Eles disseram que pode demorar um pouco por causa da neve, e como não era um caso urgente... Meu avô já está morto, o senhor sabe."

"O meu caso talvez seja urgente."

Ele assente. "Posso dar uma olhada?"

"Hum... Acho melhor não. Você não é especialista nisso, né?"

"Posso fazer um curativo. Dar pontos. Até a ajuda chegar."

"Vamos apenas esperar quietinhos, tá?"

"Como o senhor preferir."

"Eu também já liguei para o disque-ambulância, como é? Samu, essa coisa toda, não sei, acho que dei meu endereço, não tenho certeza, a situação era outra..."

"Qual era a situação?"

"Hum... *Pfff*... É tão difícil explicar."

"Tudo bem. O socorro vai chegar."

"Pode devolver minha espingarda?"

"Essa espingarda não é sua, sr. Schwarz."

"Eu acho que é, sim."

"Tenho certeza de que não é."

"De todo modo, posso dar uma olhada?"

"Não recomendo, no seu estado... Não acho seguro. Onde está sua família?"

"Está em um lugar seguro."

"Por que não está com o senhor? Aconteceu alguma coisa? O senhor... *machucou* sua família, sr. Schwarz?"

"Não fale bobagem. Eu nunca machucaria minha família."

"Talvez eu devesse dar um pulo lá para dar uma olhada."

"Eu não faria isso se fosse você."

"O senhor está me ameaçando?"

"Não, estou avisando. Para o seu bem."

"Isso me parece uma ameaça."

"Não, é um aviso. Mesmo. Quer ir? Tome as chaves. Mas não recomendo. Há algo de estranho lá."

"Estranho como?"

"A luz fria da cozinha... isso é estranho pra cacete! Por que mantemos uma luz fria na cozinha?"

"Sr. Schwarz..." Suspiros. "Me ajude aqui."

"Tudo bem. Sério, tem algo... se parece com meu filho, mas não é meu filho."

"O Trevoso..."

"Mata o mais velho, ocupa o lugar do mais novo... Foi o que você disse."

"Isso é uma história, já disse. Eu mesmo inventei."

"Por enquanto é a única explicação que tenho."

"Então o senhor acha que algo está se passando pelo Alvinho?"

"Exatamente."

"E o senhor fez algo com 'essa coisa'?"

"Eu a joguei escada abaixo... Bem, foi mais como um acidente."

"Sr. Schwarz! O senhor... o senhor jogou Alvinho escada abaixo?!"

"Não. Foi um acidente. E não era Alvinho. Alvinho está bem. A mãe dele disse."

Vejo o rapaz levantar-se rapidamente da cama, segurando a espingarda e pegando minhas chaves.

"Bom, melhor que EU verifique isso, não acha?"

"Eu já disse que não recomendo, mas se quiser mesmo..."

Ele sai do quarto e eu permaneço. Olhando para o velho- -aquário-de-peixes- mortos-sem-bolhas.

"Ei, Bruno, Bruno, não dê atenção ao sr. Grüne. Ele é só um velho morto."

"Oi? Quem...?"

"Oi, tudo bem? Estou falando do sr. Grüne..."

"Mas quem...?"

"Aqui, em cima da cômoda. Não ligue para ele; só quem pode dizer o que é arte afinal são os artistas."

"Onde... Ah, o gato."

"É tu quem pode me dar sentimentos, dizer se estou chorando, se estou sorrindo. Um taxidermista não tem como compreender o que eu sinto."

"Bem, se só quem pode dizer o que é arte são os artistas, e o sr. Grüne não é artista, então ele está certo em dizer que taxidermia não é arte."

"Daí já escapa ao meu raciocínio..."

"Tu, como animal empalhado, considera o sr. Grüne um cientista?"

"Hum... Boa pergunta. Provavelmente um *mau* cientista. Um mau cientista mau, miau. (Desculpe, não resisti.)"

"É... creio que ele poderia ter feito um trabalho mais caprichoso em ti."

"Não é? Olha só, que coisa mais desleixada. Olha só o meu estado!"

"Ah, mas também ele era um senhor de idade, dê um desconto. Não devia mais ter uma mão firme, uma visão muito aguçada."

"Nada! Eu sou trabalho antigo!"

"Então ele ainda não tinha se aperfeiçoado."

"Palha! Tu viu algum outro trabalho muito melhor por aqui? É tudo essa porcaria. Eu te digo, o sr. Grüne não é capaz de me dar sentimentos, não é capaz de me dar vida!"

"Basicamente tu está dizendo que um taxidermista melhor poderia..."

"Poderia!"

"Então um taxidermista melhor poderia ser um artista...?"

"Bah, Bruno! Tu está exigindo demais de mim!"

"Não seja tão ranzinza..."

"O sr. Grüne diria que eu estou sorrindo."

"Eu te darei um sorriso em gengivas, se eu escapar dessa, prometo."

"Por favor."

"Te darei sentimentos e uma alma, através da arte."

"Isso, isso!"

"Mas tu também tem de me ajudar, amiguinho..."

"O que posso fazer, Bruno? Sou apenas um gato empalhado. E olha só o meu estado!"

Desperto com uma fisgada. O rapaz está lá, entre minhas pernas. Eu de peito nu, com as calças abaixadas. Ele dá pontos no ferimento da minha barriga.

"Acordou? Tome isso, vai ajudar a mantê-lo acordado. É importante, até o socorro chegar."

Ele me passa pílulas e um copo d'água. Bebo. A água faz bem e instantaneamente me sinto mais disposto. Abaixo o olhar para meu ferimento na barriga, imaginando se a água que acabo de beber escorrerá pela fenda. Não. Ele fez um bom trabalho.

"Estive na sua casa", ele diz. "Não encontrei ninguém. Mas está uma bagunça, cacos de vidro e manchas de sangue. O senhor se feriu na vidraça?"

"Sim. Foi o que eu disse."

"E Alvinho, onde está?"

"Está com a mãe. Na casa da tia."

"O senhor havia me dito que eles estavam em casa, dormindo."

"Eu me confundi. Achei que estavam dormindo. Mas eles não estavam em casa."

"Então quem caiu da escada? O senhor disse que Alvinho..."

"Eu me confundi, rapaz. Alvinho não estava em casa. A mãe não o deixaria sozinho lá."

"Não o deixaria sozinho com o *senhor*?"

"Não o deixaria sozinho."

"Por que não?" Ele termina os pontos. "Alvinho não é mais criança." Ele se afasta, acocorando-se no chão do quarto. A espingarda está atrás dele, sobre a cama. O corpo do sr. Grüne no mesmo lugar. O gato não sorri.

"Como assim, 'não é mais criança'?", indago. "Alvinho tem sete anos."

"Sim, digo", o rapaz balbucia. "Não é mais criança *pequena*. Já é um homenzinho..."

Penso nos pelos púbicos do meu filho. A imagem de sua ereção. É como um polegar positivo me fazendo agir. Eu salto. A dor é lancinante e vou ao chão ao lado dele, não sem antes agarrar a espingarda.

"Sr. Schwarz! Largue essa arma!" O rapaz salta de pé.

"Quieto, seu filho da puta!" O sangue todo corre para minha cabeça e num instante estou mais desperto do que nunca, deitado de costas no chão do quarto, espingarda apontada para ele. "O que anda fazendo com meu filho?!"

"O senhor não está bem, perdeu muito sangue. Não está raciocinando direito."

"Quem vai perder muito sangue é você. Responda: o que fez com meu filho?!"

"Com seu filho? Nada! Nós só passeamos algumas vezes no bosque..."

"Fale a verdade ou eu atiro, seu puto!"

"Tudo bem. Tudo bem. Eu admito... Eu me aproximei do Alvinho. Olha, ele não é a criança que o senhor pensa. A gente conquistou uma intimidade..."

Não quero ouvir mais nada. Na palavra "intimidade" eu disparo. Por sorte, azar, foco ou talento nato, o disparo atinge exatamente o local de onde saem as palavras. Entra pela boca e sai por trás da cabeça do desgraçado. Ele vem ao chão sem completar a frase.

Um casal de raposas entra furtivamente no quarto.

"Nossa, isso aqui está um nojo."

"Ah, não te faça. Tu já esteve em lugares piores."

"Hihihi! Verdade. Ei, olha que gato feio lá em cima!"

"Deixe o gato. Então, vamos começar por qual dos três?"

"Esse aqui eu acho que ainda vive."

"Sério? Bom, é só uma questão de tempo."

"Acho que está acordado. Está olhando para mim!"

"Deixa esse aí, então. O cabeludo ou o velho?"

"Acho que o cabeludo, né? O cabeludo. O cabeludo parece bem melhor."

"Também acho."

"O cabeludo está mais fresquinho..."

"É, mas por isso mesmo: o velho vai se conservar por menos tempo, talvez seja melhor começarmos por ele."

"Deixa eu ver..."

A raposa sobe na cama.

"Nossa, que velho feio!"

"Kkkk! Pare com isso!"

"Verdade, olha a cara dele. Nossa, que cara feia. Do que será que morreu?"

"Sei lá, de velho..."

"Hum, não sei, não, não sei. Acho melhor a gente ficar só com o cabeludo."

"Que desperdício..."

"A gente não sabe do que esse velho morreu, pode ser doença... Ai, tenho nojo..."

"*Pff*, seu frutinha."

"Esse cabeludo aí a gente sabe que foi de tiro. Morreu de tiro. Vamos ficar só com o cabeludo? Melhor."

"Tudo bem."

Desperto certo de que foi apenas um instante de apagão. O sangue que escorre da cabeça do rapaz a minha frente marca o tempo com sua precisão orgânica. A ampulheta líquida da vida dele se esvaindo. Seja pela adrenalina ou as pílulas que ele me deu, agora estou com a cabeça totalmente ligada. Estou com a cabeça totalmente ligada, caído no chão de um quarto com meus dois vizinhos mortos. Não é uma cena de que me orgulho. Apoio-me na cama para ficar de pé antes que o sangue do filho da puta escorra até mim. O meu próprio corte na barriga ainda dói terrivelmente, mas parou de sangrar. O sangue em minhas roupas começa a ficar duro e seco. Preciso me trocar e sair daqui.

Cogito revirar o guarda-roupa do velho. Acrescentar latrocínio à minha ficha criminal. Casacos de pele, estampas de onça, listras de zebra, botas de crocodilo, todos devem esperar por mim entre os cabides. Lembro que tenho uma mala cheia de roupas ao lado da porta, em minha casa. Pego o pulôver sujo, o sobretudo. Saio do quarto com a espingarda.

Acabo de assassinar uma pessoa. Sim, numa noite de delírios, incertezas e farsas há a verdade concreta de que acabei de assassinar o neto do vizinho. Puta merda. Nem ao menos sei seu nome, não foi preciso. Ele abusava do meu filho. Pode não ser motivo para uma absolvição automática, mas me confere uma ótima justificativa. Numa situação dessas, qualquer júri me absolveria, qualquer júri popular, a opinião pública, imprensa marrom, todos apoiariam Bruno Schwarz. Qualquer um pode entender um pai que tenta proteger o filho. Só quero proteger meu filho. Só preciso sair daqui. Preciso deixar a poeira baixar. A neve derreter. Deixar que examinem os corpos, que fique claro que não tive nada a ver com a morte do velho, então poderei assumir o assassinato do outro em legítima defesa. Ele estava armado. Roubou minha espingarda. Examino a arma e não posso dizer com certeza se é a minha. Sim, com certeza, é a minha. Não, é uma espingarda como a minha, como outra qualquer. A espingarda sumiu da minha casa e reapareceu aqui, na mão do filho da puta, apontando para mim. Que ele tenha suturado meu corte é algo que depõe terrivelmente contra minha defesa. Talvez eu devesse arrancar os pontos. Posso fazer isso depois. Sigo para o banheiro e escuto ruído de vidro quebrando no andar de baixo. São os animais livres, selvagens, desesperados.

Lavo o rosto no banheiro do sr. Grüne. Encontro mais um pequeno caco de vidro, fincado no canto de minha testa. Jogo-o pelo ralo e olho o banheiro refletido atrás de mim. É um banheiro de pessoa idosa, imediatamente identificável; quase deixo escapar um sorriso. A torneira oxidada, os azulejos manchados. Frascos vazios de perfume antigo, da esposa falecida, quem sabe. É inevitável olhar com ternura para toda essa velhice, mas a verdade é que o sr. Grüne era um velho que caçava, aprisionava e matava animais para empalhar. Empalhava mal. Presenteou meu filho com uma dessas bizarrices. Trouxe até minha casa seu neto pedófilo. Foi o responsável indireto por eu me tornar um assassino. Sr. Grüne, que beleza de vizinho o senhor foi.

Fecho a torneira pensando em minha própria culpa. O rapaz confessou ter abusado do meu filho, não confessou? Alegou ter "intimidade" com ele. Mais do que isso, alegou que meu filho de sete anos não era mais criança; só pode ter visto algo que não devia. Porém se o que eu mesmo vi não era meu filho... Aquele garoto pré-pós-púbere que não deveria estar em casa... Se aquele não era meu filho, o que o vizinho morto no quarto havia visto de fato? Com quem efetivamente havia tido intimidade? Sigo para as escadas sem compreender o que é delírio do meu juízo. Tudo o que tenho para explicar essa madrugada são histórias criadas por um escritor.

Na sala de estar avisto um esquilo correndo de uma porta lateral. Há uma escada que leva para baixo, para o porão. Vejo o rastro de sangue descendo as escadas e penso no que foi arrastado lá para baixo. O calabouço do velho perverso. A oficina de taxidermia do sr. Grüne. De lá, algo ainda farfalha. Talvez mais animais. Mais animais que em breve estarão mortos. Deus, por que me envolvi nisso? Sou um artista plástico que voltou há poucas horas de uma viagem internacional e agora estou metido numa casa com dois corpos mortos e animais silvestres vivos. Sou Bruno Schwarz, pelo amor de Deus! O que estou fazendo nesse fim de mundo, fim de vida, fim de carreira?

Decido dar uma olhada, abrir gaiolas, desmontar jaulas. Vamos, Bruno, vamos soltar os animais que restam aprisionados. Estou quase certo de que vou me arrepender, mas vamos lá, vamos soltar aves tropicais num inverno nórdico, desabrigar quatis de suas tocas gradeadas.

Desço a escada sentindo fisgadas a cada passo, sentindo o corpo leve demais para estar ancorado ao chão. Perdi muito sangue. E realmente só posso culpar a mim mesmo por ter atravessado uma vidraça fechada. Apesar da ameaça do Trevoso, apesar de o vizinho apontar uma arma para mim, fui eu quem fez um cair escada abaixo, eu que estourei os miolos do outro. Eu sou o perigo que se esconde nesta noite.

Não deixa de ser um feito e tanto.

Mas é claro que estou errado. Chegando ao porão, confirmo tudo o que receava. Aquilo que se passa por Alvinho está lá, sentado no chão, pernas em W, como só uma criança consegue se sentar. Parece ainda mais velho. Não se camufla mais na inocência. Entre suas pernas, o corpo murcho de nossa cachorra. A seu lado, esparramados, montes de palha e vísceras.

"Olha, o vovô também me ensinou a empalhar!" Ele sorri perversamente; a criatura que se passa por Alvinho preenche as entranhas de nossa pastora com palha e serragem.

Aponto a espingarda para ele.

"Que porra é você, afinal?"

Ele se levanta. E agora tenho certeza de que não é mais uma criança. O corpo nu manchado de sangue tem finas pernas compridas, braços delgados, e o longo pênis já é emoldurado por pelos escuros e lisos. Impossível que seja meu filho de sete anos.

"Que feio. O senhor viaja tanto que nem reconhece mais o menino que deixou em casa. Ele cresce, torna-se um adolescente, mas o senhor insiste em tratá-lo como criança..."

"Você não é meu filho." Falo firme e ameaço apertar o gatilho. A criatura se aproxima lentamente.

"Claro que não... O senhor não é capaz de gerar nada que preste. Sua única filha nem chegou lá. Nem isso o senhor foi capaz de fazer direito. É uma piada como homem, como pai, como filho, como artista. Imagina o que seu pai pensaria da porcaria de sua criação. Imagina o seu avô..."

"Cale a boca! Você é um demônio tentando me perturbar!"

Olho o corpo murcho da Preta caído no chão do porão. Não. Aquilo não é normal. Eu não tenho responsabilidade nisso. Aquilo é fruto de uma mente doentia que não tem nada a ver com a minha. E eu me manterei firme contra isso.

Ele segue lento em minha direção.

"Demônios são nossos amigos, sr. Schwarz, demônios não são perigosos, demônios são inofensivos e amigos dos mais grandiosos..." Ele ri. Imediatamente, seu pênis começa a levantar. "Deixe que eu cuide de sua família; deixe que eu dê um trato na sua esposa. Ela está velha e precisa de algo mais denso, grosso, leitoso. O senhor precisa entender que seu tempo já se foi..."

Eu atiro. E dessa vez minha pontaria não é tão certeira. Passa de raspão pelo ombro da criatura. Ele olha o ferimento. Nós dois nos olhamos. Então seus olhos chispam, saltando em direção a mim.

Corro de volta escada acima. Sinto as garras afiadas do demônio em minhas costas.

"Venha cá, sr. Schwarz! Não fuja não!" A criatura tenta me agarrar. "Seja homem!"

Chuto-o para longe. Ele cai na escada, mas se levanta e volta a subir. Corro atravessando a porta para a sala e a fecho. Ouço batidas e gritos do outro lado.

"Abra aqui, sr. Schwarz! Abra aqui, não estou brincando! Vou contar até três, abra essa porta! Abra essa porta antes que eu perca a paciência!"

Não encontro tranca na porta e tenho de segurá-la com força para que o demônio não escape. Ele continua batendo, empurrando a porta com o corpo. Meu corpo todo dói, mal consigo manter o fôlego, mas não solto a porta, nunca vou soltá-la. Preciso que essa coisa fique onde está. Preciso mantê-la presa como prova de que não estou louco.

Então, repentinamente, ele para.

Mantenho ouvidos atentos. Escuto seus passos descendo a escada. Deve estar buscando algo com que possa arrebentar a porta. Aproveito o momento e puxo uma mesinha para meu lado. Não, uma mesinha não vai dar conta. Deixo a mesinha enquanto empurro uma estante. A dor do corte é aguda, eu não devia estar fazendo todo esse esforço. Mas não posso deixar essa coisa escapar. Posiciono a estante em frente à porta. Empurro o sofá para a frente da estante. Debaixo do móvel, rasteja uma serpente. Penso em quantos animais ainda estão presos entre as quatro paredes desta casa.

Com estante e sofá diante da porta, me afasto e escuto. Não sei se é o suficiente. Não sei que coisa é essa e o que a deteria. Olho ao redor da sala em busca de uma cruz, um crucifixo, qualquer imagem religiosa. Até que ponto essas coisas funcionam? Não sei mais no que acreditar. Se estou diante de um demônio, talvez seja bom recorrer ao catolicismo.

Escuto então ruídos estridentes vindos lá de baixo, batidas, um vidro quebrado... Uma janela.

Apresso-me em retirar os móveis da frente da porta. Empurro o sofá, derrubo a estante. Pego a espingarda e desço correndo as escadas. No porão, só o corpo murcho de minha cachorra. E a janelinha quebrada por onde escapou o Trevoso.

"Conhece alguma lenda local de terror, assombração?", o neto do vizinho me perguntou horas antes. Eu não conhecia, agora estou me tornando especialista. Sinceramente, nunca achei que Santa Catarina fosse grande coisa em matéria de folclore. Na infância, me impressionava mais o Drácula de Christopher Lee do que as bruxas açorianas. Nascido e criado aqui, nunca conheci grandes particularidades em termos de cultura. Contava nos dedos os artistas, músicos, escritores nativos. Nunca tive apoio do governo do estado. Depois de formado, tentando sobreviver como pintor, ilustrador, designer, fiz a emigração inevitável para São Paulo. Lá, ser catarinense até que me beneficiou, preenchi uma vaga pouco concorrida. "Você tem sorte de ser de Santa Catarina", me dizia Modesto Cândido. "Os curadores, eles gostam disso. Na hora de apresentar os nomes, ticar as siglas dos estados: RN, PB, SC. Quem precisa de SP? Te digo, ser um artista *paulistano* não traz vantagem nenhuma, não há protecionismo, pelo contrário. Aniversário da cidade de São Paulo e quem a prefeitura chama para retratá-la? Algum jovem mineiro que tomou São Paulo como lar. Um nordestino, que é a cara da cidade. Os artistas de fora são aceitos aqui e voltam para suas terras como heróis. Os artistas daqui... são párias; o paulistano não tem identidade. É importante *estar* em São Paulo, lógico; *ser* daqui é o que menos importa. Eles gostam do exótico. Ser sulista então, é uma grife. O paulista médio ainda associa o Sul com a Europa, neve, loiras, frutas vermelhas."

Era a forma sutil de Modesto me desmerecer. Eu apenas preenchia uma cota. O que importa é que funcionou. De São Paulo para o mundo. E só voltei a Trevo do Sul quando achei que não precisaria contar com nada daqui... além da agência de correios. De repente eu estava errado. De repente todos nós estamos. De repente há muito mais histórias, muito mais lendas para serem contadas sobre essas paisagens. É que nos acostumamos a direcionar a elas um olhar preguiçoso.

Então, como o neto do vizinho sabia tanto? O escritor, que assumiu autoria pela história do Trevoso. Pode ser uma apropriação indevida. Uma lenda milenar, a que ele apenas conferiu uma roupagem, embora pareça que o Trevoso em si prefira andar pelado. Talvez ele não saiba de nada. Talvez eu esteja apenas sugestionado pela história dele, e o que encontrei há pouco é outra coisa, outra entidade, não precisa necessariamente matar o mais velho, ocupar o lugar do mais novo.

O mais velho dessa casa era o sr. Grüne. O mais novo é o neto dele...

Saio para o quintal da frente e deixo a porta escancarada. Que os animais encontrem o caminho de volta para a mata. Quem sabe as raposas encontram o caminho das escadas, subam até o segundo andar, devorem os cadáveres do sr. Grüne e do neto, apaguem quaisquer evidências que possam depor contra mim. Está fazendo uma madrugada muito fria, os animais ficam mais atiçados. Aproveitam qualquer oferta de comida. Teria sido melhor enterrar os corpos deles na vala da minha cachorra, já que agora deve estar aberta...

Saio para a rua e olho para o bosque do outro lado, olho para a floresta logo em frente. O Trevoso pode ter se escondido por lá. Quanto mais pode haver escondido, do que o homem nunca irá saber? Quantas vidas, quantas mortes, quantos corpos alimentando o solo e quantos animais correndo entre as árvores, invisíveis? O bosque pulsando com vida, a floresta absorvendo a morte, uma ordem tão séptica, a poucos passos do nosso lar. Nosso lar tão cético sobre o que acontece de verdade. Sabe-se lá o que se deveria fazer se o espírito selvagem escapasse da fronteira imaginária e entrasse por engano em nossa casa. Sabe-se lá o que se faria se o espírito da floresta tentasse impor sua ordem — a desordem — em território civilizado. Sei bem o que fiz: sangrei, matei, morri.

Volto a minha casa como um espírito de mim mesmo. Novamente me vem a sensação de que já estou morto e que ficarei nessa casa como fantasma, sem mais um contato direto com o mundo dos vivos. Minha família pode estar dormindo lá em cima. Minha mulher gemendo com outro homem. Meu filho crescendo em pelos e espinhas, e eu só conseguindo captar fragmentos, filamentos, pensamentos, suspiros quase imperceptíveis. Sou muito novo para morrer. Minha vida mal começou. Nem começou a vida de meu filho. Ele mal começou a morrer. Quero acompanhá-lo em seu sofrimento. Quero ajudá-lo a se levantar. A ampulheta de sangue pode indicar que já deu o meu tempo, que já fiz o suficiente, que meu filho já é um animal bípede que pode caminhar sozinho. Meu filho é praticamente reprodutivo. Mas quero estar aqui quando ele errar. Quero poder ensinar, repreendê-lo, contemporizar. Quero exercer minha função de pai.

Nem tenho mais certeza de que Alvinho é meu filho.

Atravesso o quintal da frente. Abro a porta de entrada; destrancada. Vejo a mala ao lado da porta; preciso me trocar, minhas roupas estão sujas de sangue. Escuto uma voz na cozinha:

"Bruno?"

Uma mulher. Permito-me alguns segundos para decodificar. Não decodifico. Definitivamente não é minha esposa, e soa jovem demais para ser a empregada. Seguro firme a espingarda e sigo para lá. Dentro da cozinha, do outro lado da bancada, comendo a carne que preparei horas atrás, está a linda jovem da classe business premium.

"Você...?"

"Bruno! Está tudo bem?"

Eu balanço a cabeça num movimento curto, lento, moroso. É claro que não está. E está claro que minha cabeça já não é mais capaz de distinguir o que é sonho do que é real. O que é sonho do que é pesadelo. Meu corpo todo dói, então me abstenho de me beliscar.

"O que você está fazendo aqui?"

"Desculpe entrar assim... Cheguei tarde. E a porta estava aberta. Fiquei preocupada. O estado da casa..."

"Ficou preocupada e se sentou para comer carne?"

Ela abaixa a cabeça envergonhada. "Desculpe, não ando conseguindo controlar meu apetite..."

"Acho que essa carne não está muito boa para se comer."

"Está gostosa, sim. Só um pouco fria... O que houve com você, Bruno? Está ferido?"

"O vizinho..." Penso no que contar a ela, de que lado ela está. Alguém tem de estar do meu lado, para variar. "A casa do vizinho está infestada de animais."

"Infestada? De quê, ratos?"

Balanço a cabeça torcendo a boca, como se não fosse importante. Não é importante.

"Animais. Ele é taxidermista. Estava ajudando-o a capturar..."

"Hum... Nossa..." Ela me olha desconfiada, com o garfo parado. Sei que minha história não faz sentido. Não me esforcei para criar algo verossímil. Não faz sentido ela estar na minha cozinha, para começar. Então não sou eu quem precisa dar explicações.

"Quem é você? O que está fazendo aqui?"

"Calma. Sei que parece estranho, mas eu vou explicar."

"Qual é seu nome?"

"Meu nome é Clara."

Ah, claro.

"Clara?"

"Sim. Sou sua filha, Bruno."

Abaixo a arma e rio, ainda na porta da cozinha, apoiando o corpo no batente. A risada faz os ferimentos doerem ainda mais e me deixa certo de que não é momento para humor. Se eu morrer sorrindo, estarei sorrindo, nem terei a chance de ser empalhado. Mas o que posso fazer se o diabo resolveu escrever uma novela mexicana inspirada em minha vida?

"Minha filha morreu, moça."

"Não... Isso é o que *ela* quis que você pensasse. Que eu nasci morta. Que eu nem nasci. Mas eu nasci, nasci prematura, nunca fui abortada."

Eu a examino, examino o registro do real. Não parece realmente. Há uma textura de sonho, um ritmo de pesadelo, tenho vontade de me sentar para assistir com mais conforto, tenho vontade de me deitar e fechar os olhos. Quem sabe amanhã não possa pintar algo baseado nesse quadro? Permaneço na entrada da cozinha a uma distância segura dela.

"Eu nasci prematura, Bruno. Com uma série de problemas. A Bianca... simplesmente não quis aceitar. Pode chamar de depressão pós-parto, psicose, falha de caráter. Na prática ela me deu como morta e me abandonou. Por sorte fui criada por uma família amorosa."

"Você está dizendo que minha esposa teve nossa filha em segredo, e a entregou para adoção?"

"Sim, resumindo é isso. Mas..."

"Por que ela faria isso? Não se forja a morte de um bebê tão fácil assim."

"Eu não sei todos os detalhes. Sou a criança..."

"Você é uma mulher."

"Fui a criança abandonada. Tive de juntar as peças."

"Isso não faz sentido, Clara." Não faz sentido, mas eu já a chamo pelo nome da minha filha. "Bianca passou a vida toda de luto por tua causa. Ela nunca superou tua morte."

"Bianca passou a vida toda com *culpa*, isso sim. Por me abandonar. Por ter te enganado. Eu não sou a única mentira que ela te contou."

"Vamos parar por aqui, tá? Não quero ouvir você se metendo na minha família."

"O Alvinho. Ele não é seu filho."

Essa é muito boa. Examino os olhos dela e não gosto do que vejo. Examino seus olhos de titânio e vejo minha filha. Ela não sorri. Não mente. Olha para mim com melancolia esforçando-se para colocar para fora tudo o que ficou guardado todos esses anos. Não pode ser verdade.

"O que você está fazendo aqui?"

Ela abaixa a cabeça, envergonhada. Isso não é maneira de tratar uma visita. Isso não é maneira de tratar minha filha. Minha filha morta, que passou a vida toda sem o pai. Deveria abraçá-la, confortá-la, oferecer-lhe um prato de comida... Ela já está comendo.

"Eu... eu só não aguentava mais, queria te ver. Estou há anos querendo contar isso a você. Há anos investigando sobre minha família. Por isso descobri tanto."

"Vai me dizer que o Alvinho é filho do vizinho."

"Sim, você já sabia? Você deveria saber, ele nunca teve nada a ver com você. Álvaro é filho do vizinho, sim, o neto do sr. Grüne."

Rio comigo mesmo. Sim, sim, por isso eles têm tanta "intimidade". Alvinho não é a criança que eu achava ser, não era isso que o rapaz dizia antes de levar um tiro?

"Imagine a Bianca aqui nesta casa, sozinha, remoendo a culpa por ter te enganado... Você está sempre viajando. Então aparece na porta ao lado um jovem escritor. Um rapaz atraente, misterioso, entusiasmado. Ela já havia lido sobre ele, eleito um dos melhores por uma prestigiada revista britânica. Ela havia sacrificado uma carreira literária para que você tivesse a sua. E ela acreditava que nunca mais seria capaz de pedir um filho a você... Ahhh..." Nisso ela se inclina, retorcendo-se de dor.

"Tu está bem?"

"Minha barriga."

"Eu te disse. Essa carne não está muito boa."

"Não, não é isso..."

Ela se levanta e eu posso ver. Clara, a menina, minha filha, quem quer que seja, está grávida.

Largo a espingarda e corro até ela. Ajudo-a a caminhar.

"Venha, venha para o sofá."

A barriga está enorme, deve estar com nove meses, doze meses, de gêmeos. Meu... neto, ou um bebê genérico, tanto faz. Uma criança dentro dessa menina. Essa menina dentro da minha casa.

"Veja, ele está chutando...", ela diz com um sorriso em meio à dor.

Coloco a mão na barriga. Posso sentir. Está chutando. Muito. É um menino? Meu neto? Eu a conduzo pela sala. O passo de gestante dela não é muito diferente do meu passo avariado.

"Está de quantas semanas? Parece prestes a nascer..."

"Sim, já são quarenta. Por isso vim aqui. Queria que meu filho nascesse com sua verdadeira família. Queria dar essa oportunidade a ele e a você."

"E o pai, onde está?"

Ela me lança um sorriso melancólico, e tenho medo de entender o que significa.

"O pai...", pergunto. "O pai *também* é o neto do sr. Grüne?"

Clara dá um grito e acho que é o menino chutando. Ela vem ao chão com a enorme barriga. Tento segurá-la e me vem imediatamente a imagem de meus dias de estudante desastroso, tentando jogar vôlei no colégio.

"Clara!"

Abaixo-me no chão com ela. Ela segura a barriga gemendo, aponta com a cabeça para o pé. Vejo um caco de vidro fincado na sola. A vidraça do jardim que se espalhou pela sala. Faço uma pinça com os dedos e o arranco.

"Não foi nada, não foi nada."

Penso no meu próprio ferimento, na barriga. O dela não foi nada. Ela está bem. Está tudo bem.

Ajudo Clara a ficar de pé e sigo conduzindo-a ao sofá. Olho seus pés pequenos, delicados, inchados. Deixa pegadas de sangue sobre o piso.

"Quer uma água? Vou pegar uma água pra ti." Coloco-a sentada no sofá da sala. "Fique sossegada aí."

Vou à cozinha tentando processar o mais rápido possível o que está acontecendo. Minha filha está viva. Alvinho é filho do vizinho. Meu *neto* é filho do vizinho. Alvinho é irmão do meu neto. Eu matei meu... genro?

Busco a imagem de Bianca grávida. Resgato duas imagens. Primeira: em 1993, aquela menina magra, virando mulher. Uma santa, passando fome comigo. Dilatando a barriga com uma intenção que todos poderiam compreender. Assento preferencial no ônibus, sorriso solidário da caixa do supermercado. Frágil. Uma vida a ser protegida. Fiz tudo que pude, fizemos todo possível. Deixamos de comer o que raramente comíamos, deixamos de beber. Vez ou outra deslizei numa carreira, só para me pegar culpado no dia seguinte pelo que o bebê poderia absorver da minha aura negativa. Minha criança eu não carregava. Só poderia me solidarizar com minha mulher, minha menina, em seu sofrimento, tentar sorver algo de sua alegria. Nossa filha.

Segunda imagem: 2007. Uma mulher madura ganhando uma barriga como a minha. Já não precisávamos recorrer a preferenciais, já não frequentávamos filas, ninguém perceberia. A gravidez tinha de ser anunciada, confirmada, para não passar como mero sobrepeso. Nos felicitávamos com receio. Nós mesmos precisávamos ter fé e acreditar. Que deixar de comer sushi faria efeito. Que o ovo cru de uma musse poderia ser a diferença entre uma filha morta e esse que estava agora para nascer. Que nossas precauções, intenções e vontades garantiriam que o filho de fato nascesse. Minha carreira deslanchava e eu rejeitava convites. Carregava uma criança que não era minha.

"De onde tu veio, Clara?" Mantenho a conversa com a menina na sala. "Estava ao meu lado no avião. Como pegou um voo internacional prestes a dar à luz?"

Parecem questões irrelevantes nesse contexto, mas preciso manter-me no presente, preciso fazer-me consciente, enquanto sirvo a ela um copo d'água. Vejo o prato de carne na bancada da cozinha...

"A classe executiva foi só a última escala. Eu estava atrás de você, Bruno, há muito tempo...", ela responde da sala.

"Por que não falou comigo antes? Por que não falou comigo lá?"

"Não é fácil falar sobre um assunto desses. Mas essa não é a primeira vez que conversamos, não é o nosso primeiro contato."

Eu me aproximo do prato que parece pulsar. Isso são... larvas. A carne que Clara comeu está cheia de larvas.

"Esse filho que eu estou esperando... Você é o pai."

O copo d'água cai da minha mão e se espatifa no chão da cozinha.

"Quem é você?" Eu me apresso de volta para a sala, para o sofá. "O que você quer de mim?!"

"Sou sua filha, Bruno. E estou grávida de você!"

Eu a agarro com as duas mãos:

"Minha filha está morta! O seu filho não é meu! Quem é você?!"

"VOCÊ não quer acreditar no que aconteceu. Não lembra de Estocolmo, nove meses atrás? Não lembra daquela fã com quem você passou a noite na Viking Line?"

Um flash surge em minha mente. Uma fã. O ferry... Não, era outra mulher. Outro rosto. Outra rota. Minha filha morta não pode estar grávida de mim.

"Você é louca...", afirmo para mim mesmo. "É uma fã que está me perseguindo. Estou cansado. Esta madrugada está sendo exaustiva. Mas você não é minha filha. O seu filho não é meu!"

"Pode repetir o quanto quiser, Bruno. Isso não vai modificar o que já aconteceu."

Vejo então sangue escorrendo das pernas dela. Ela pressiona a barriga, com dor.

"Clara..."

Ela se contorce.

"Está vindo, ele está vindo..."

"Tu está sangrando, Clara. Precisamos levá-la a um hospital!"

"Não. Eu quero que ele nasça aqui. Quero que ele nasça nesta casa, com você."

"Clara, há algo de errado com o bebê!" O sangue escorre farto no sofá. "Tu não pode sangrar assim!"

"Eles vão levar nosso filho, Bruno! Não deixa! Eu preciso ter esse filho aqui!"

"Tu vai perder o guri se não vier comigo!" Tento levantar seu corpo enorme, pesado, inchado, pulsante.

"Nosso filho não pode nascer num hospital, Bruno. Nosso filho precisa de um lar, por favor... Ahhh..."

"Clara, tu precisa de ajuda, tu vai perder essa criança!"

"Fica aqui comigo. Seu filho só precisa de nós dois..."

"Clara!"

É quando a bolsa, a barriga, a gestante estoura...

Crianças dançam com suas mães. Dançam casais de velhinhos. Um bêbado ou outro dança sozinho. E em meio a isso adolescentes lotam a pista mais conversando e bebendo do que dançando. A banda toca ABBA, "I will survive", "La Bamba", uma seleção ao vivo facilmente reconhecível mesmo para um senhor como eu, uma seleção reconhecível para crianças, adolescentes e velhinhos. Assisto a tudo sentado num sofá, bebericando meu JD, anestesiando-me como sempre para conseguir dormir em minha cabine.

No outro lado do salão senta-se uma menina sozinha. De tempos em tempos deixa escapar olhares, que já percebi serem para mim. Já a vi no restaurante. Cruzamo-nos no deque. Ela sempre cruza olhares e me oferece possibilidade de abertura. Pode ser uma fã, não me parece uma prostituta, nunca houve o tempo em que só minha aparência em si poderia provocar um interesse genuíno.

Quando um garçom se aproxima dela e ela desvia o olhar de mim para fazer ou recusar um pedido, aproveito para observá-la mais atentamente. Parece um pouco mais velha do que as outras meninas do navio, na casa dos vinte. Veste-se de forma elegante, mas discreta, como é costume das mulheres escandinavas. Não parece nórdica. Faltam-lhe bochechas rosadas e a capa de gordura. Tem algo de latina, talvez espanhola, argentina. O garçom se afasta e ela volta o olhar para mim.

Volto o olhar para o drinque. Noto com a visão periférica que ela está vindo para cá. Vejo minhas mãos segurando o copo, sem aliança.

"Desculpe... Mas o senhor não é Bruno Schwarz, o artista?"

Levanto o olhar, sorrindo. Quem diria, há gente com o mínimo de repertório na Viking Line.

"Me pegou. Sou eu mesmo." Eu me levanto e ofereço a mão.

"Ah, estava te olhando há horas, na dúvida. Achava que era você, mas nunca pensei que fosse encontrar Bruno Schwarz num ferry!"

"Ainda não consigo caminhar sobre o mar...", respondo canastrão.

"Ai, sou sua fã. Também sou brasileira!" Ela diz em sorrisos como se fosse uma grande vantagem e motivo suficiente para nos aproximarmos. "Sou do Recife."

"Então por que estamos falando em inglês?", pergunto.

Ela ri sem graça.

"Verdade. É que eu não sabia se era você."

"Sou eu."

"Ai, não sei nem o que falar. Estou tão nervosa..."

"Sente-se, sente-se, por favor."

Volto ao sofá e ela senta a meu lado. Comenta da minha arte da forma pueril e superficial que as pessoas costumam comentar. As pessoas que não entendem de arte. As pessoas que gostam da minha. Não me importo. Mal escuto. A música toca. Tomo minha bebida. Estou bem acompanhado aqui no salão com uma bela pernambucana entusiasmada por estar comigo. Observo seu sorriso infantil, seus belos olhos... verdes. Ela poderia ser minha filha, mas não é.

"O que está fazendo sozinha neste navio, afinal?", pergunto dando-lhe combustível para continuar falando.

"Ainda não consigo caminhar sobre o mar...", ela diz tentando fazer charme. É mais charmoso porque sai de uma forma desajeitada, com aquele belo sotaque. O que nos encanta no outro é sempre o que o outro não pode controlar. O que me complica é que sempre me atraio pelos defeitos. "Estou estudando arte em Estocolmo", ela completa.

"Ah! Que bacana." Não acho realmente. Penso quando vai surgir algum pedido, algum favor. Não deveria, mas já a avalio negativamente por ser minha fã. Talvez eu a avalie negativamente como artista por ser mulher, jovem, bonita. Bem, talvez a avalie negativamente só por ser artista.

"E você sabe como estudante está sempre apertado de dinheiro. Ainda mais numa cidade cara como Estocolmo. Por isso vim de ferry, a passagem mais barata, sem cabine."

Ah, esse é o favor. Acho que posso resolver.

"Sem cabine? Nem sabia que isso era possível. Vai passar a noite acordada?"

"Tem algumas poltronas para descansar lá embaixo. E no navio sempre tem tanta coisa para fazer, né? É tão divertido."

"*Kitsch*, eu diria."

"Exatamente. A palavra é essa."

"Bom, eu estou sozinho numa cabine com duas camas de solteiro. Você é minha convidada. Claro, sem maldade."

"Ah, imagina. Não quero incomodá-lo, o grande Bruno Schwarz."

"Não sou tão grande assim", dou uma piscadinha para ela. "Será um prazer."

Sento-me no tapete com o ouvido ainda zumbindo pela explosão. Encharcado de sangue, faço uma varredura mental de meus poros e fendas para entender se aquele sangue é meu. Acho que não resta tanto de mim para escorrer. Nunca havia sobrevivido a uma explosão antes, mas a sensação não deixa de ser familiar. Algo entre a ressaca, a turbulência de um voo doméstico, um looping de montanha-russa e um pouso forçado em Marte. Procuro Clara para tentar reencaixá-la em minhas memórias da Viking Line. Procuro olhos verdes para confirmar que não teria como ser ela, não teria como ela ser minha. Não sobrou nada. O sofá é um ragu de sangue, coágulos, restos de entranhas que nem formariam uma mulher completa. Obra do Trevoso. Eu me apoio na mesinha de centro me equilibrando para ficar de pé, enquanto algo se remexe entre tripas.

Preciso pegar a espingarda de volta.

Cambaleio até à cozinha. Numa noite insana dessas, insensatez é afastar-me da minha arma. Felizmente está lá, no chão, onde eu a deixei. Atrás de mim, algo se remexe no sofá e começa a emitir ruídos. Adentro a cozinha mantendo os olhos longe do prato de carne podre. Escuto pequenos gemidos vindos da sala. Não vou dar conta, não vou dar conta. Pego de volta a garrafa de Jack Daniels. Não quero pensar no que encontrarei entre os destroços da grávida-fantasma. Sirvo uma boa dose sem gelo, como tomam os caubóis e os pedófilos. Os gemidos parecem, sim, com o choro de um bebê, mas só vagamente. Remetem-me aos primeiros choros de Alvinho, nesta mesma casa, que agora já parece tão diferente. O choro era outro, o contexto era outro. Eu acordando pela primeira vez, com o colchão mais leve no levantar de minha esposa. O choro do bebê ao longe, ela saindo do quarto para acalmá-lo, trocá-lo, dar a mamadeira. *Será assim por muitas noites*, eu pensava. Achava que seria por tantas noites que seria quase infinito e assim tinha de ser. Aqueles primeiros choros nos despertavam para nos assegurar de que estávamos vivos, nosso bebê estava vivo, nossa família prosperava. Não demorou para o choro se tornar um tanto quanto incômodo, como se torna para todos os pais. Ainda assim, nunca deixou de ser um alívio ouvi-lo, e passou mais rápido do que eu esperava. Provavelmente eu tive de viajar e perdi grande parte. Nunca ouvirei novamente. Quando voltei, Alvinho já engatinhava, subia em árvores, balbuciava frases, cantava a Palavra Cantada.

O gemido se torna um choro, que se torna um lamento. Viro a bebida e ela parece mais suave do que nunca. Acho que a noite foi pesada e amarga o suficiente para adoçar meu bourbon. O lamento parece formar uma palavra. Verifico se a arma ainda está carregada. Estou ficando especialista nisso.

"Paaa... paaa...", é o que a criatura na sala começa a verbalizar. "Papá... Paaapá...", vocifera. Volto à sala com a espingarda carregada.

Aponto para o sofá. Entre as tripas, algo se remexe. Vejo olhos, boca... nariz? Não, focinho. Olhos, boca, focinho, dentes afiados. Um animal pelado, filhote de raposa, se remexe entre as entranhas de minha filha morta: "Papaaai!".

Um tiro na fuça e fica quieto.

Afasto-me do sofá com a espingarda, tirando a roupa. Sobretudo, pulôver, calça vão sendo jogados pelo chão da sala como por um adolescente deixado sozinho no final de semana. De repente tenho treze novamente. Meus pais viajaram para visitar minha avó materna no hospital em Florianópolis. Fiquei aos cuidados dos avós paternos, nesta mesma casa. Protestei, pentelhei, com a incompreensão egoísta da adolescência. Trevo do Sul era pequena demais para eu ficar longe do centro da cidade. Meus avós já antiquados demais para eu ficar sob a autoridade deles. Como fui cruel com minha avó. Como eu era idiota. A recusa intransigente de ajudá-la na tarefa doméstica que fosse. Um moleque entediado ejaculando nos azulejos manchados do banheiro — pelo menos me certifiquei de trocar os azulejos, pouco depois de me mudar para cá. Teve uma menina naquela época, não teve? Teve a filha da empregada. Não, isso foi quando eu já tinha quinze, dezesseis e já era mais civilizado, já era capaz de dissimular. Trepei com a cabocla filha da empregada e isso se tornou um escândalo abafado. Uma explosão insinuada. Não me lembro de nos flagrarem no ato. Acho que nunca tive de esconder "minhas vergonhas" entre lençóis enquanto minha avó pedia ríspida para eu me vestir. Não foi assim que aconteceu. Apenas captei traços de conversa atrás da porta. Recebi olhares melancólicos de decepção. Quem sabe um olhar orgulhoso de soslaio, de meu avô, uma piscadinha de aprovação. Depois a menina desapareceu, a empregada foi dispensada. Tudo foi resolvido sem que eu tomasse conhecimento. Sem ter de enfrentar as consequências de meus atos. Mal me lembro da menina, do que posso ter causado. Não seria impossível que houvesse outro filho meu, um caboclo de meia-idade perdido por aí. Talvez o caseiro que matou o patrão e se tornou assunto na cidade. Quem sabe um dos radialistas. Sou trazido pela estrada alheio de escutar a voz de meu próprio filho. Ou mesmo o escritor neto do vizinho. O escritor neto do vizinho é meu filho, pai de meu filho, pai de meu neto. Não tem nada de caboclo, não puxou a mãe, mas até que se parece comigo, com meu filho, nariz arrebitado, olhos de titânio...

De cueca, de frente para a porta, reviro a mala em busca de uma nova muda de roupas. Todo esse sangue e suor só sairiam com um bom banho, mas não tenho tempo para nada de bom agora. Insistindo entre meias sujas, o coelho de pelúcia de Alvinho me parece uma piada de péssimo gosto. Zomba da minha própria ingenuidade, da ingenuidade que acreditei que Alvinho possuísse, do meu total desconhecimento das ingenuidades, "intimidades", do universo dele. Não fui capaz nem de reconhecer meu próprio filho, enganado por uma entidade maligna. Quando essa madrugada terminar, vou queimar esse coelho. Prometo servir um *lapin au provençal* a minha família, se conseguir encerrar essa história com uma família. Escuto algo farfalhando pela sala novamente — me recuso a olhar. Acho que terei de queimar a casa toda. Algo é engatilhado atrás de mim. Não há mais como pintar essas paredes, trocar tantos azulejos sem encontrar resíduos de tantos pesadelos...

Mal sinto o tiro pelas costas.

Alvinho está atrás de mim. Acerto o retrovisor incerto se o mais importante é ter a visão do trânsito ou do meu filho. Basta ele se abaixar um pouco para eu perdê-lo de vista. A placa de uma marca de jeans de mau gosto se afasta na estrada. Ele balbucia palavras ininteligíveis, ora num registro agudo, ora num registro grave. Não são os hormônios da adolescência, longe disso, nem possessão demoníaca: são os mais puros devaneios da infância. Espio. Em sua mão direita, um bicho peludo de dentes afiados, brinquedo masculino. Em sua mão esquerda, algo como uma boneca, de longos cabelos de náilon vermelho, desculpável nas mãos de um garoto por uma indumentária de guerreira. A voz aguda é dela, mais próxima da voz real de meu filho; a voz grave é a do monstro, que soa como meu filho tossindo. Alvinho brinca imaginando histórias para os dois personagens, que são verbalizadas provavelmente apenas por ele não conseguir contê-las em sua mente, não precisam de fato ser ouvidas. Cogito assim tirar a playlist da Adriana Partimpim — ele não parece estar prestando atenção, e eu poderia colocar algo de que eu goste. Mas tenho certeza de que no primeiro acorde de Rachmaninoff meu filho despertará de suas histórias e registrará seu desagrado com a trilha. Estou sempre em conflito: até que ponto é preciso colocar a criança em primeiro lugar? Até que ponto atender seus desejos é estragar a criança? A partir de que momento é preciso ensiná-la a dividir, ceder? O universo não gira em torno dela. Tu fica com teus brinquedos, papai escolhe a música. É um trato justo. Só não quero dar motivos para mais choro. É preciso mantê-lo adestrado. Quem sabe "O carnaval dos animais"?

Estamos a caminho de Inhotim, saindo de Belo Horizonte. Viagem de trabalho com Alvinho a tiracolo, depois de ele não conseguir aproveitar a oportunidade de socializar com os primos. Resolvi que era tempo de ele ficar comigo, de eu dedicar algum tempo a ele. Que seja um bom tempo. Que ele se divirta comigo. Não quero ter de recorrer a broncas, privações e pedagogia. Como exercer minha função de pai sem fazer uso de uma mão castradora? Bianca fica com toda essa parte. Talvez a pior. Ainda assim, Alvinho prefere estar com ela. Exatamente por isso, Alvinho prefere estar com ela. Respeita a mãe, sente o pulso firme dela e a segurança de estar nas mãos de um adulto. Devia sentir essa segurança comigo. Devia sentir essa segurança comigo também.

"É um menino." Ouvi não da boca dela, mas diretamente da fonte, do obstetra, no momento em que anunciou, no momento em que ela descobriu, comigo ao lado. Acompanhei-a não apenas por querer estar presente, querer me mostrar presente, estar presente, mas porque as visitas ao obstetra começaram com viagens para Florianópolis e terminaram com uma mudança temporária para lá. Ter um filho em Trevo do Sul não era das melhores opções para quem tinha opções melhores. Não era das melhores opções para quem não tinha o melhor histórico. Um filho tardio talvez precisasse de maiores cuidados. A perda de um filho talvez requeresse um cuidado maior do que uma casa afastada numa cidade isolada. Mudei-me com Bianca para um apartamento alugado na avenida Beira-Mar, de frente para o mar, mas longe do que a ilha tinha a oferecer de melhor, os dois já pensando em como, se, quando, como voltaríamos a Trevo do Sul com um bebê recém-nascido, de poucos meses, recém-alfabetizado.

"É um menino", uma frase que já ecoa em tons azuis, bolas de futeboys, um bebê blindado em joelheiras de combate. Não é para tanto. Não é isso o que eu quero. Meu pequeno guerreiro.

Olhei para aquela tela com imagens em preto e branco de nosso filho. Tivemos esse filho tardio, pleno século XXI, como é possível que as imagens ainda sejam como as do homem pisando na Lua? Como é possível que seja um universo tão impreciso? Tento identificar o broto que o define.

"Aqui, veja", aponta o médico para um ponto numa massa disforme. De repente, para casais mais jovens, faz sentido. Casais jovens com uma visão mais aguçada ou uma imaginação mais virtuosa.

"É a cara do avô", eles diriam, porque a imagem do avô também seria mais fresca, menos desbotada, menos indefinida por uma infinidade de rugas.

Então era um menino. Não seria uma nova versão de nossa filha morta. Não seria Clara novamente. Eu me acostumara com a ideia de menina, a filha, minha, eu o grande homem de sua vida. Agora tinha de me reprogramar para aceitar a nova realidade masculina, um menino, com todos os clichês que isso implica. Era no que eu acreditava.

O Príncipe da Pamonha aparece em minha visão periférica entre retrovisores, filho, trânsito, óvnis que só aparecem em estradas como essa. Acho curioso. Não é o castelo, não é o rei: é o "príncipe", como Ronnie Von em relação a Roberto Carlos.

Talvez seja o filho que brigou com o pai e usou tudo o que aprendeu com ele num novo empreendimento. Talvez seja só um empreendedor mais novo. Talvez seja um rapaz que se considera bonito o bastante para ser um príncipe, embora esteja longe de ser um rei na questão de preparar pamonha. Estou com fome. Quero provar.

"Está com fome, Alvinho?", pergunto, e parece que o escuto responder negativamente mais para os bonecos do que para mim. Certifiquei-me de que ele tivesse um bom café da manhã, com cereais açucarados e frios requentados, pouco antes de sair para a estrada; eu mesmo não comi.

Entro à direita com a instabilidade de quem conduz um carro alugado. Nenhuma. É um bom carro. O calor de Minas Gerais se faz sentir cada vez mais conforme estaciono, até se revelar plenamente quando abro as portas.

"Vamos comer uma pamonhinha?", digo ao meu filho, que desce.

Ele me olha contrariado. Acho que "pamonha" não lhe diz nada, é um menino criado a Nhá Benta, afinal. Dou de ombros e ele segue na frente, obrigando-me a seguir atrás. O alarme antifurto do carro apita.

O Príncipe da Pamonha não é mesmo um castelo de um rei, nada disso, mas faz bonito. Talvez até mais. É um pequeno chalé bem-arrumado em que servem alguns lanches, salgados e uma variedade de pamonhas um pouco maior do que se encontraria em Trevo do Sul. Nunca gostei de pamonha. Mas estou com fome. E a versão de queijo com lombo e pimenta me parece ser o melhor que uma pamonha tem a oferecer.

"Então, Alvinho, quer pamonha? Quer alguma coisa? O que tu quer?"

O menino para tímido diante do balcão, como se olhasse aquele painel de quitutes típicos pela primeira vez. Pode ser. Primeira vez que o menino vê um painel anunciando pamonhas, pães de queijos, escondidinhos. Ele vira o rosto rapidamente ao avistar um freezer de sorvetes Kibon. Muito bem.

Saímos para os fundos do castelinho... O.k., não é um castelinho, é apenas um barraco. Saímos para os fundos de O Príncipe da Pamonha com Alvinho tropeçando com um sorvete industrial de... maracujá.

"Sério, maracujá?", pergunto a ele quase implorando para que pegue um de chocolate, um de morango. Não consigo me reconhecer em nenhum dos gostos do meu filho. Não consigo reconhecer um filho em seus gostos.

Nos fundos do terreno encontramos uma minimicrofazendinha. Cabras. Uma lagoa com patos. Deve haver coelhos em algum lugar. Alvinho para empolgado num microcercadinho com pôneis. Deixe disso, é o arquétipo de uma armadilha para turistas. Mas Alvinho ainda quer experimentar, ainda quer subir. Quer montar num dos três minipôneis e dar uma volta sofrida pelo cercadinho; quase o coloco sobre meus ombros e mostro a ele que posso fazer melhor.

Enquanto meu filho acompanha entusiasmado pela cerca o bicho dar seu passo desanimado com outras crianças, esbarro numa mulher que faz o mesmo. Longo cabelo loiro armado, uma coisa bem anos 80, acompanhada da filha rechonchuda. Uma mulher bem distante de meu mundo, com quem eu nunca cruzaria de outro modo, em outro cenário. Parece existir só ali, para ilustrar o público da Fazendinha da Pamonha. A filha por algum motivo corre e grita ao redor da cerca, como se houvesse alguma competição em curso. Uma corrida de pôneis. Um concurso de príncipes. Nada disso. É apenas uma rechonchuda histérica, daquelas que sempre agradecemos serem filhas dos outros. Sorrio para a mãe. A mãe sorri para mim. Penso se esse sorriso seria uma entrada para poder copular com a mulher, dar uns tapas na filha rechonchuda. Nutro ambos os desejos em medidas iguais. Vejo a menina saltitante empurrar meu filho com os quadris.

"O malhado é meu", ela diz entre dentes semicerrados para meu filho. Alvinho faz um bico e apenas abre as mãos. "Todo seu", é o que ele quer dizer. Meu piá é mesmo blasé. E dá um passo atrás. Dizem que as meninas se desenvolvem antes dos meninos, são sempre mais maduras, e eu me pergunto se aquilo é verdade. Eu e a mãe anos 80 cruzamos sorrisos e eu a imagino cavalgando.

"E não é que a espingarda do vizinho era mesmo outra?",
diz o Trevoso sentado a meu lado no chão da sala. Ele me passa
uma das armas. "Toma, esta é a sua." Coloca em minha mão e
aperta meus dedos para que eu a segure. Não consigo. Mal sinto
meu corpo. A dor é como um fio prendendo a meu corpo minha
alma de hélio. Resigno-me em deixá-la escapar até o teto, de
onde verei minha carcaça perder o resto de seus fluidos. O Trevoso estará lá ao meu lado, com a segunda espingarda em mãos,
moleque com estilingue, pronto a estourar meu balão. Nem
minha alma escapará.

Ainda ancorado, movimento o pouco que me resta: os
olhos. Se os olhos são o espelho da alma, terei sete anos de azar.
Vejo a criatura a meu lado, um adolescente de fato, ainda nu,
pernas finas, pálidas, longas e peludas, rosto anguloso, marcado
de espinhas. Não é o meu filho, é algo entre ele e o vizinho,
idade intermediária, entidade animalesca, um espírito selvagem.
Os cabelos estão compridos, lisos, oleosos, o nariz mais pontudo,
ainda empinado, os olhos puxados, de mercúrio, com um brilho

gelado... Percebo que não me incomodo mais com o frio, ainda que esteja só de cueca caído no chão de ladrilhos. Procuro sinais do tiro que acertei no ombro dessa criatura; não encontro. Nas mãos dele, o coelho fofo de pelúcia destinado a Alvinho, murcho. Barriga aberta, ele recheia com uma matéria orgânica vermelha e me pergunto se são minhas próprias tripas.

"Veja que boa ideia", ele diz enquanto trabalha. "Rechear o bicho de pelúcia com vísceras reais. Vou chamar de taxidermia reversa. Como ninguém pensou nisso antes?" Ele sacode o bicho empapado de sangue na minha cara. "Você é testemunha, eu que inventei."

"Você... tu já é grande demais para brincar com coelhinhos de pelúcia", é o que consigo dizer, arfando.

"É, verdade, sr. Schwarz." Rindo, ele arremessa o coelhinho, que cai longe na sala com um *squish* úmido, e volta a atenção para mim. "Então, como está se sentindo?" Ele monta sobre meu peito e segura meu rosto. "O senhor até que é bastante resistente, hein? Impressionante." Abre bem meus olhos com os dedos, como se me examinasse. São dedos pontudos, sujos. Aproxima demais seu rosto do meu. Tem o cheiro almiscarado de animal silvestre. Ou talvez seja só o cheiro de um adolescente no fim de uma noite de farra.

"O que tu quer de mim?"

Ele dá de ombros.

"Nada. Por que acha que eu iria querer algo do senhor?"

"Isso... é só diversão? É só isso pra ti?"

Ele se levanta e percebo que há algo irreal em pernas tão delgadas. Algo não humano. Pau de virá tripa. Pode ser o ângulo, perspectiva absurda.

"Nem tanto, viu? Não é tão divertido assim." Diz isso e começa a urinar em pleno chão da sala. A urina respinga em mim. E, embora eu nem sinta mais dor, nem sinta mais frio, mal sinta meu corpo, posso sentir o cheiro azedo de sua urina: vinagre. "Não é lá muito divertido, mas é o que temos para hoje."

"Mata o mais velho e ocupa o lugar do mais novo..."

"É o que diz a lenda."

Que entidade é essa? Espírito, duende, *trickster, changeling*. Um alienígena, quem sabe. Os adolescentes não parecem sempre alienígenas para seus pais? Para si mesmos? Tenho aqui o meu; meu dever é amá-lo. Meu dever é amá-lo; não há por que considerá-lo sobrenatural.

Ele sacode o longo pênis fino sobre mim e se deita a meu lado. Seu rosto no chão em frente ao meu.

"Mas eu sei que o senhor não é o mais velho, não se preocupe..."

"Minha esposa..."

"Não, não, ela também não."

Não entendo. Só há nós três aqui em casa... Bem, há a empregada, dona Violeta, como se fosse da família...

"A cadela, senhor Schwarz. Em termos subjetivos, da linha da vida de cada um, a cadela era a mais velha da casa."

"Ah, tu está forçando a barra. É aquela coisa de multiplicar por sete? Cada ano do ser humano corresponde a sete anos caninos...."

"A matemática não é tão precisa assim, mas é mais ou menos isso."

"Achei que apenas a matemática fosse precisa."

"Tudo bem, tudo bem, olha, não se esforce tanto para entender. Só estou brincando um pouco com o senhor, sabe, só passando o tempo até amanhecer."

"Tu acabou com a minha vida."

"Sua vida não é importante, sr. Schwarz."

"É importante para mim."

Ele meneia me dando certa razão.

"É importante para minha família."

"Aí já não estou tão certo."

Nenhuma importância a mais que eu alegasse o convenceria. Nem a mim convence. O melhor que tenho a fazer agora é morrer. Meus quadros serão valorizados. Como homem, como artista, ninguém sentirá falta de mim. Meus pais estão mortos. Não tenho irmãos. Só tive um filho, se tanto. E o legado da minha miséria transmito a essa criatura...

"Como sabe tanto sobre mim?", pergunto.

"Não sei, não." Ele coloca a língua escura para fora e lambe a ponta do meu nariz. "Não sei nada. Eu ofereço espaços em branco, é o senhor quem preenche. E de forma tão previsível..."

"Desculpe."

"Pois é. Separo esta única noite no ano para vir aqui, e o senhor me vem com o quê? A história de um pai mulherengo com sentimento de culpa por não passar muito tempo com o filho. Isso não é nada original. Nenhum grande terror."

"São os dramas de um pai de família."

"Ah, que tédio."

"Não pedi que viesse. Não te convidei."

"Não sou um vampiro, sr. Schwarz, não preciso de convite."

"Então não pode reclamar."

"É verdade."

Mantemos o olhar um no outro por alguns segundos. Ele em silêncio, pensativo, a boca semiaberta, olhos fixos em mim. Quase me parece bonito. A beleza está no contexto. Uma serpente, um lagarto, um gato... Um gato pode ser apreciado como belo, mas seus traços são rejeitados num rosto humano. Um ornitorrinco não segue nossos padrões de beleza, mas talvez siga algum na vida natural. Como um bicho do mato, ele me examina sem compreender. Talvez só ofereça espaços em branco, como diz. A crise, a crueldade, os personagens que encontro são reflexos pessoais, terrores de minha alma. E como são terrores subjetivos, só podem ser considerados um grande drama para mim mesmo. Só posso colocar a culpa em mim.

"Bem, vamos acabar com isso", ele diz de repente, ficando de pé. Resgata seu caráter de adolescente marginal, invasor que me ameaça dentro de casa. Sempre tive medo do que iria encontrar quando Alvinho chegasse lá, agora tenho a pior amostra possível. "Já está amanhecendo, e preciso encerrar minha história por aqui."

"Ah, tão cedo assim?"

"O senhor é muito pioso, sr. Schwarz."

"Não sou?" (Não sei de onde tiro meu humor. Acho que é só o que me resta.)

"É. Mas vou guardar o riso para mais tarde."

Ele me puxa pelos pés e só me dou conta disso porque meu corpo começa a se movimentar pelo chão da sala, meus olhos passeiam pelos pés dos móveis, os móveis do meu pai. Detecto um pozinho de cupins. Engraçado, acho que não terei chance de pedir a Bianca que cuide disso. Parece que estou deslizando por uma esteira automática do aeroporto de Frankfurt. Não, não sejamos elitistas: uma esteira do novo terminal do aeroporto de Guarulhos. Deslizo sem o menor esfor... Merda! Agora, sim, uma dor filha da put... Tão sem aviso como veio, a dor vai. Não sinto nada. De volta à esteira automática.

O Trevoso me puxa porta afora — a rua, a neve. A dor vem e vai, como em ondas. Quando vem, não consigo pensar em nada. Quando vai, quase sinto prazer. Como é fácil para ele me puxar! Percebo então que só deve parecer fácil para mim; ele desfaz minhas impressões.

"Cacete, sr. Schwarz, foi mesmo uma vida de excessos; o senhor está pesaaado."

Não é verdade: estou leve demais. Nem consigo escutar o desgraçado. Nem sinto as ondas de dor. Não vejo nada, só sinto cheiros: de floresta, terra, pinha, pinheiro, pinhão. A natureza: agora faço parte dela, tenho certeza. É lindo.

Minha visão de repente clareia. Meu corpo se esquenta. Estou deitado no chão do bosque. Eu me sento. Olho ao redor. O bosque parece estar completamente vazio, claro, quente. É o bosque que sempre conheci, mas me parece novo. O bosque se renova a cada segundo. O bosque pulsa com vida. Quero vê-lo melhor.

Fico de pé. Meu corpo é muito pequeno. Sou leve, ágil, estou nu. E me sinto muito bem. Há um vazio onde deveria estar meu momento anterior, então não sei muito bem para onde devo ir em seguida. Quem eu sou e qual é minha função aqui. Não importa. Apenas faço parte. Sou peça de algo maior. Tudo o que eu fizer será aceito e será natural. Qualquer coisa será exatamente o que deve ser feito. Nesse contexto maior de mundo não há como errar.

Escuto meu nome sendo chamado ao longe, não tão longe, meu nome sendo chamado pelo bosque, o que me dá uma direção. Não consigo escutar direito, então não sei exatamente qual é o meu nome, mas compreendo que estão me chamando, que estão me querendo, alguém me guia, alguém espera por mim. Espere, estou indo. Corro descalço pelo mato — é tão gostoso, acolchoado, tão macio. Poderia ficar correndo assim para sempre. Escorrendo assim para sempre. Poderia acreditar que corro a esmo, mas o solo e a turfa, os cogumelos me jogam de um lado para o outro, é tudo tão divertido. O bosque me conduz em direção à voz que me chama, e meus movimentos só contribuem para que eu chegue mais rápido. Cada vez mais rápido. Pedras me empurram com delicadeza. Galhos e troncos, gentilmente. Musgos úmidos lambem minhas pernas e sou jogado contra um tronco que se abre e me engolfa, me absorve e aceita. Escorrego por um túnel raspando meus dedos entre farpas felpudas e seiva perfumada. Orvalho morno. Mel de abelhas.

Quando aterrisso, no interior de uma árvore, um velhinho de barba e cabelos brancos sorri para mim. Sorrio de volta. Meu pênis é um pequeno caroço endurecido apontando para cima.

"Para quem teve um pesadelo, o senhor está muito animadinho", ele diz.

Continuo sorrindo mesmo sem saber quem é o homem. Sem vergonha nenhuma. Ele me parece familiar. Alguém que conheci a vida toda. Sei que não me fará mal. Posso me exibir para ele com orgulho. Estamos dentro de uma árvore e há cheiro de nozes, bordo, lenha, pele de animais. É o melhor cheiro do mundo. Quero inspirar até que fique tudo dentro de mim. Quero ficar aqui e quero que nunca acabe. Não preciso dizer nada porque ele me entende. Não me importo com o que passou e não tenho medo do que virá. Só há prazer e contentamento.

"Mas *ele* ainda está lá fora", o velho diz sorrindo para mim.

Não sei quem é *ele* e não quero saber. Mantenho meu sorriso para que o velho possa se contagiar com minha alegria e deixar tudo mais de lado. O que importa é o amor que sentimos. Tudo mais pode ser desprezado...

"Tu foi pego por ele, Bruno, não posso deixar que fique aqui."

Não sei quem é Bruno, isso não me diz nada.

"Prepare-se, meu querido. Infelizmente o que tu está sentindo agora é todo o prazer que te resta queimando-se de tua vida."

Bobagem, tudo o que resta é o prazer que nunca deixarei escapar. Só sinto alegria e me agarro a isso, não preciso de mais nada. Minhas pernas afundam, minha cabeça pesa, mas ainda posso me agarrar. Eu me prendo ao prazer e não vou sentir mais nada, não vou me lembrar de nada, sentindo lama e galhos passarem por minhas mãos, arranhando minhas coxas. Sinto o cheiro do pinho, sabor de terra e pedras raspando em mim. Não! Deixe-me ficar aqui! A terra se abre e deslizo entre lodo, folhas e minhocas. Por favor, me abrace e me aceite de volta! Espinhos penetram minha pele. Não fiz nada para merecer isso! Insetos rastejam sobre meu corpo. Começo a me lembrar de uma vida que já fez sentido, que não faz sentido...

A luz entra forte pela janela do quarto. Assusto-me com uma velha deitada ao meu lado. Por um instante me pergunto se é minha mãe, minha avó. Onde estou, quanto tempo passou, em que ponto de uma linha torta de vida me encontro é algo que não consigo identificar. Ela sopra um hálito amanhecido em meu rosto e me é tão familiar quanto qualquer mulher que sempre tenha feito parte de minha vida. Não sei se o que devo nutrir em relação a ela é admiração, paixão, compaixão, pena, amor... fraternal? Encerram-se então os processos de inicialização, e entendo. Estou condenado a isso. Os anos se passaram e acordo num hotel em Madri com Bianca, como se ela estivesse a vida toda lá. Termino com uma mulher como ela, se não quero terminar sozinho. Uma mulher que reflete o quanto envelheci. Uma mulher como um espelho de meu pai, meu avô, sou como eles. Fecho os olhos e a escuto ressonar. Abro novamente: Bianca. Ajusto meu foco para além do reflexo mental, dentro do vidro, Bianca está lá. A mulher com quem me casei. A menina... a colega de faculdade. Eu amo essa mulher. E se estou condenado a ela, como a minha mãe, como a minha avó, foi porque assim escolhi. Essa é a mulher que escolhi para minha vida.

Ela abre os olhos como para resgatar toda a objetividade do momento.

"Ainda é muito cedo, Bruno, o que está fazendo acordado?" Torna a fechá-los.

Não respondo, incapaz eu mesmo de me entregar à razão tão cedo. Fecho os olhos como para me esconder (se eu não posso vê-la, ela também não poderá). Não quero pensar no que ela enxerga quando olha para mim. O que há de concreto em nosso relacionamento além de nosso filho? O que nos mantém unidos, o que eu vejo nela?

Vejo a mãe do meu filho, da minha filha, minha antiga colega de faculdade, tradutora, a dona de casa, que dedicou a vida toda a mim. Poderia ter sido artista, poderia ter se tornado escritora, mas sacrificou sua visão para que eu pudesse ter a minha, para que pudéssemos ter algo. Para que ficássemos juntos, conquistássemos algo juntos, teve de aceitar esse arranjo. E se deu tudo certo, deu tudo certo. Tenho de agradecer por ela ser alguém com quem pude compartilhar meus sonhos.

"Bruno, volte a dormir..." Bianca se remexe na cama como se minhas divagações internas a cutucassem. Sorrio. Está tudo certo, acho. Acho que tem mesmo de ser assim. Aproximo a mão de seu rosto, quase para acariciá-la, sinto grãos de terra sobre os lençóis.

"Eu te amo", sussurro para ela.

Minha esposa não responde, e me pergunto se caiu num sono pesado ou apenas não pôde retribuir.

"Estou feliz que esteja comigo", acrescento de forma redundante para lhe dar uma nova oportunidade. Toco seus lábios semiabertos. Sinto um gosto de terra nos meus próprios. "Bianca..."

Vejo larvas pulsando em sua boca.

Uma pá de terra me atinge forte na cara.

"Ah! Acordou, sr. Schwarz! Fiquei na dúvida se ainda iria acordar!"

Estou na floresta, caído na cova que cavamos para a cachorra. A criatura nua de longas pernas finas joga pás de terra e neve sobre meu corpo. Subitamente voltei a ter consciência sobre ele, meu corpo. Dói, tudo, coça, sinto frio e algo que até pode ser... fome? As pás de terra podem acabar com tudo isso. Cubra-me e me faça esquecer novamente. Mergulhe-me numa inconsciência onírica onde eu esteja eternamente deitado ao lado de minha esposa, sem mais arrependimentos ou dúvidas. Nosso filho dentro de nós, na barriga dela, nos meus testículos. Enterre-me logo, seu puto, se é isso que tu quer. Não tenho certeza se consigo verbalizar.

"Tome", do topo da cova o Trevoso me joga a espingarda. "Achei que o senhor iria querer ficar com ela, como é uma peça de família e tal. O senhor estava todo choroso que tinham pegado sua espingardinha..."

Vejo a arma cair logo ao lado, mas tudo o que posso fazer é contemplar. Tenho consciência, dor, não tenho controle.

"Sr. Schwarz, precisa de mais alguma coisa?" O Trevoso para e me observa lá de cima. "O senhor está tão quietinho... Sei que deveria tê-lo embalado em sacos de lixo, para não liberar fluidos tão rápido no solo... É que o senhor é grande. E eu estou sozinho!"

"Eu não estou sozinho..."

"Como é? O que o senhor disse? Fala um pouquinho mais alto!"

"Não estou sozinho."

"Bom", ele volta com pás de terra, "nessa altura o senhor também não deve estar falando coisa com coisa, né? Já se foi seu tempo. Vamos terminar logo com isso."

Sinto cada pá de terra caindo como se fosse uma dose extra de testosterona em mim, adrenalina. Uma pá a mais, e sinto a nobre madeira da espingarda nos nós de meus dedos. Sim, meu tempo já se foi, vamos terminar logo com isso, só não vou terminar com esse porra me enterrando vivo. Sou um homem, um pai de família, dono da casa, eu decido as coisas aqui.

"Tem alguma história para me contar enquanto te enterro, sr. Schwarz? Alguma lenda da região, talvez? Ou só conhece a minha? Me ajude a matar o tempo, isso aqui é cansativo! Bem, acho que eu é que devo contar uma história enquanto cubro o senhor. Tem a do Esqueleto Fresco, lá da ilha, conhece? É uma lenda litorânea, mas não deixa de ser catarinense."

Minha mão ainda se movimenta. Meus dedos roçam o cabo da espingarda, busco o gatilho.

"Aliás, começa com o pai que expulsa o filho de casa, o filho frutinha que mora à beira-mar. O senhor faria isso? Expulsaria seu filho de casa se descobrisse que ele é ho-mos-se-xual? Se o pegasse aprontando com o vizinho, por exemplo?"

Escuto um carro ao longe. Um motor parando. Não estou sozinho.

"Sei que o senhor iria tirar satisfações com o vizinho, isso é óbvio. O senhor resolveria aquilo no bangue-bangue, não é? Na base do tiro. Que coisa mais masculina. Acho divertido. Mas e com seu filho? Não daria uma coça nele? O senhor sabe, se não for com um, ele vai acabar fazendo com outro..."

Meu dedo roça o metal, o gatilho. Um pequeno esforço e poderei retomar o poder sobre a espingarda.

"Bem, voltando à história. O menino fruta nem lamenta tanto ter sido expulso de casa. O que ele queria mesmo era outra vida, uma nova vida, que o mar traz e o mar leva. Turismo, sabe? Um amor de verão, que chegou a ele naquela vilazinha, trouxe junto novas possibilidades, que somem assim que a temporada termina. Sem casa e sem amor, o menino se entrega ao mar, acaba se matando, se afogando. É aí que a lenda começa. Quando ele volta com a maré em noites de lua cheia."

O céu agora clareia e até alguns pássaros podem ser ouvidos. Meus dedos se fecham na espingarda. Posso fazer isso.

"Seu esqueleto, no fundo do mar, coberto por cracas, moluscos, ganha nova vida quando a lua chama..."

O Trevoso parece se dar conta, para de jogar terra e contempla o céu. "Puxa, está tarde mesmo..." O sol saindo. "Ou cedo. Acho que preciso ir. A história vai ter que ficar para a próxima. Se houver uma próxima. O senhor vai ficar chateado, sr. Schwarz?"

Agarro a espingarda. Aponto. Vamos, um instante de foco e posso acertar.

"Oh-oh, acho que isso quer dizer que sim. Tudo bem..." Ele sai da beira da vala e eu o busco na minha mira.

Vem, vem, filho da puta! Volte aqui!

Pássaros cantam por todos os lados. Vejo-os voando sobre mim. O senso comum diria que é tudo pacífico, porém mais do que nunca eu entendo: eles estão falando de morte, e vida, sexo, e perigo. Nada inocente. Os pássaros cantam para atrair, e cantam para alertar, cantam para morrer, só não cantam quando não podem mais... Nada de indispensável se consegue da paz.

O rosto de Alvinho reaparece me espiando lá de cima.

"Papai...?"

Eu atiro.

O corpo dele despenca junto ao meu. Escuto ao longe gritos que lembram os de minha esposa, parecem os gritos de Bianca, sim, acho que são os gritos de Bianca, num tom e numa intensidade que nunca ouvi antes...

"Então, filho, talvez tu queira saber... que eu e tua mãe não estamos mais juntos."

"Hum."

"Há muito tempo, na verdade. Mas agora ela está morando na ilha. Tu sabe, a gente não se acertava há anos. E sem tu em casa... bem, não fazia mais sentido. Eu também fui para uma casinha menor, pegada à oficina."

"Hum."

"A verdade é que nós nunca nos entendemos, Bruno. Mulher é um bicho complicado. No nosso tempo a gente insistia. Não tinha esse tanto de opção que existe hoje. Casamento era como uma condenação. Daí veio tu. Deu tudo certo. A gente tinha um guri para criar. Valeu a pena, filho. Acho que valeu sim. A gente fez o que tinha de fazer, cumpriu nosso dever. Agora tu é um homem independente."

"Tudo bem..."

"Tua mãe tem os sonhos dela. Eu só quero viver tranquilo. Não tem outra mulher não, mesmo. Só quero viver tranquilo.

Poder fazer o meu trabalho, ganhar o meu dinheiro, tomar minha cachacinha quando eu quiser, dormir no sábado à tarde sem dar satisfação. Eu fiz o que tinha de fazer. Tua mãe concorda com tudo isso. Foi mais ideia dela, aliás, então tá tudo certo."

"Tá."

"Tá certo? Tu não tem problema com isso mesmo, Bruno? Tu tá bem lá em Joinville, né?"

"Tá tudo bem, pai."

"E terminou hoje o julgamento do crime que abalou Trevo do Sul..."

"O Brasil todo, na verdade. Que história horrível..."

"Horrível. O famoso artista plástico Bruno Schwarz, aqui da cidade, foi considerado culpado do assassinato do filho de apenas SETE anos de idade, cometido em agosto do ano passado, e foi condenado a cinco anos de reclusão por homicídio culposo, ou seja, sem intenção de matar."

"É pouco, muito pouco! Como o cara mata o guri sem intenção de matar?"

"A dúvida é se o assassinato foi acidental ou não..."

"Acidental? Quem dá um tiro acidental no próprio filho?"

"Deixa eu terminar de ler aqui. A defesa alegou que Schwarz estava em choque no momento do disparo, após sua casa ter sido invadida. Ele mesmo havia levado um tiro nas costas. O pintor teria disparado no filho por engano, achando que era o assaltante de sua residência. Entretanto o caso é recheado de contradições, nada foi roubado no local, e a história se complicou com a polícia encontrando na casa ao lado o corpo do vizinho, um senhor de noventa e dois anos, que teria morrido de causas naturais, segundo a perícia. O julgamento se encerra ainda com muitas dúvidas sobre o que aconteceu de fato naquela madrugada."

"O cara atirou no piá e depois inventou essa história de assalto para disfarçar..."

"Não é simples assim, Rubinho. A polícia está há mais de um ano investigando o caso e tu acha que tem a solução, que tu sabe mais do que todo mundo."

"A polícia só precisa das provas. A verdade todo mundo sabe. Isso é crime de corno."

"Ele levou um tiro nas costas, ficou tetraplégico."

"Para mim ele que deu um tiro nas próprias costas. Matou o guri e tentou se matar. Não tinha uma história aí de que ele dizia que o filho não era dele, que era filho de outro?"

"Essa eu não sei, não."

"Tinha, sim. Ele falava que o piá que ele matou não era filho dele. Fizeram até teste de DNA e o escambau."

"Ah, verdade, verdade, tem razão. Mas parece que o cara ficou sequelado, né? Não fala mais coisa com coisa..."

"E o guri é filho dele mesmo..."

"O guri é filho dele, parece que foi o que deu no DNA."

"Deus me livre, não consigo nem pensar. Eu sou pai..."

"Pois é, eu também. Daria a vida pelo meu piá."

"Claro. Mataria por ele."

"Vamos mudar de assunto, então?"

"Vamos, que o guri tá morto, né? Mas ó, te digo uma coisa: cinco anos de cadeia é uma piada! Palhaçada! Por isso que ninguém tem medo da lei neste país."

"Bem... Afee... Vamos tentar espairecer... Indo para a previsão do tempo: o Ciram alerta..."

"Tinham que castrar também esse corno, para não ter mais filho nenhum."

"Já mudamos de assunto, Rubinho."

"Desculpa. Segue aê."

"O Ciram, Centro de Informações de Recursos Ambientais e de Hidrometeorologia do estado, alerta para a chegada de uma forte frente fria amanhã aqui na região. As temperaturas devem despencar, inclusive com grandes possibilidades de neve. É para fazer a festa da turistada de inverno neste final de semana, que deve ser o mais frio do ano."

Para Carlos Henrique Schroeder, Afonso Borges e Marcelo Spomberg, que me fazem viajar...

E Murilo de Oliveira e nossa coelha Gaia, que me dão razões para voltar.

Agradeço também a Joca Terron e a RT Features, pelo convite. Luís Fernando Scutari, Alexandre Matos e Antonio Xerxenesky, primeiros leitores. E a todos da Companhia das Letras, em especial à Rita Mattar, pelo cuidado e carinho.

The windows are dark in the town, child.
The whales huddle down in the deep.
I'll read you one very last book if you swear
You'll go the fuck to sleep.

Adam Mansbach

ESTA OBRA FOI COMPOSTA POR OSMANE GARCIA FILHO EM ELECTRA E
IMPRESSA PELA PROL EDITORA GRÁFICA EM OFSETE SOBRE PAPEL PÓLEN SOFT
DA SUZANO PAPEL E CELULOSE PARA A EDITORA SCHWARCZ
EM JULHO DE 2017

A marca FSC® é a garantia de que a madeira utilizada na fabricação do papel deste livro provém de florestas que foram gerenciadas de maneira ambientalmente correta, socialmente justa e economicamente viável, além de outras fontes de origem controlada.